知
味

阁下李先生

李叶飞 著

谢 静 插画

北方联合出版传媒（集团）股份有限公司

万卷出版公司
VOLUMES PUBLISHING COMPANY

舞低杨柳楼心月，

歌尽桃花扇府风。

———— 阁 下 李 先 生 ————

金不换九层塔

中国南方用得最多的是九层塔，
一种叶子尖一些，
叶片平整的品种。
在闽南和潮汕，
很多家庭的阳台或院子，
都种九层塔，
使用实在太频繁了。

九层塔

西蒙过·葱的料·罗勒叶

不知道你会怎样判断一家生鲜铺的好坏。比如你买了蛤蜊，他给你称好，沥水，装袋，然后……然后就是收钱吗？想想买鱼，店主把鱼刮鳞，去除内脏，洗净，然后？然后掰一块生姜，再加几根葱，就是这样，很自然。不给生姜和葱的鱼店都要给差评。那，蛤蜊缺了什么？缺了九层塔。

我在一家网络生鲜店买了蛤蜊，收到货的时候，打开箱子没有闻到九层塔的独特气味，最后翻遍了都没找到九层塔，很失望，这也太不体贴了。那种憎恶感带来的结果就是，把一年的预存款尽数拿出来放到了利息见底的余额宝。

蛤蜊、鱼虾是要搭配九层塔的。坐专车都会送一瓶水的时代，互联网卖生鲜还这样没头没脑，太不像话了。鱼鲜搭配九层塔是南方市场的传统，亦传播甚广。在潮汕地区，九层塔另有一名"金不换"，说明此物之不可缺，它的作用跟紫苏差不多，但气味比紫苏好多了，吃习惯了，你一闻到九层塔的味道，会觉得海鲜大餐临近了。就像你闻到香荚兰的香味，开口就是：哇，冰激凌的味道。

九层塔是罗勒的一种。罗勒是个大家族，不同品种、变种、杂交种很多。在西方，最常见的是甜罗勒，一种叶子肥肥的罗勒品种，常拌在沙拉里，也放海鲜汤里，更多就是在意大利面里。回想一下你吃过的意面，很少没有罗勒的。别吹嘘说你只拿面条拌了番茄酱，也吃出了意面味道，那是因为你的番茄酱里已经拌了罗勒。还有罗勒酱，其实也多是混合酱，比如会加牛至、百里香或鼠尾草。

马来西亚菜也常放罗勒，一种莫法（Morpha）罗勒。大部分罗勒都是带一点儿茴香味的，莫法罗勒则是混合香料的味

Ocimum basilicum L.var. pilosum(Willd.) Benth.

九层塔

道，比较复杂。我在马来西亚吃过印度菜，那股浓郁的香料味，用的就是罗勒，当然不排除还有别的混合香料。

其实各地用罗勒，并不挑品种，什么品种好生养就用什么，只是一些品种有茴香味还带点肉桂风味，有些有柠檬香，也有一些是丁香风味。中国南方用得最多的是九层塔，一种叶子尖一些，叶片平整的品种。在闽南和潮汕，很多家庭的阳台或院子，都种九层塔，使用实在太频繁了。

我后来单独又买了九层塔，为了等它到来，蛤蜊又多养了一天，沙是吐干净了，也臭掉几个。事实上九层塔除了调味，在针对贝类的时候，有点像紫苏对螃蟹，正有去毒之意，怕万一遇到臭贝、死蟹。

买九层塔这种调味香草跟买葱一样，只要你买，总是太多。葱多了可以种盆里，罗勒多了怎么办？而且罗勒还不像

葱，带根一起卖。放心，罗勒可以扦插，运气好，能长根再生长，不愿种植，泡水里也行，不几天就长出白色的根来。这一点，它像极了薄荷。不过，多数罗勒品种是一年生植物，它怕冷，所以北方就算了，而且北方本来也没有吃罗勒的习惯。南方种植罗勒，春夏开花，夏秋结籽，收了籽第二年春季可播种。而且，罗勒应多剪，去顶，不让开花，植株的寿命会长许多。

此文曾收到很多北方读者反馈，说是北方有一种叫荆芥的植物跟我说的罗勒很像，也作为调味品。我知道荆芥，是另外一种唇形科香草，不是罗勒的一种。荆芥有一品种，很多养猫的人熟知，猫闻了其气味后会被迷幻，所以常被用来做猫玩具，俗称猫薄荷。但我仔细看了北方人说的荆芥，它其实又不是荆芥，就是一种罗勒。此一名称的混淆，不知是如何造成的。不过，话说回来，说明北方也是吃罗勒的。

枸杞叶子猪肝汤

枸杞菜的最佳搭配是猪肝，
再加一些瘦肉一起煮汤，
全名枸杞菜猪肝瘦肉汤，
也叫枸杞菜滚猪肝汤，
这是我在广东经常吃到的汤。

枸 杞

管状花目·茄科·枸杞属

　　我迟迟未动笔，想给"枸杞叶子猪肝汤"对一个下联，好给文章取一个题目，平仄了一上午，都没对出来。满脑子只有"烟锁柳池塘，深圳铁板烧"这样的名句，只好作罢。

　　院子里有一丛枸杞[1]，是杂志社初创时，同事所送，说从老家墙头上扒拉下来的，另外还带了数丛兰花与我。同事的家乡在浙中磐安，山区多药圃、果园。前年还给我移来一株蓝莓，与我原有的蓝莓品种不同，恰好可以搭配授粉。说起来当年栽下的那些春兰也是年年开花，其中还有一株素心，瓣蕊没有一丝杂色，乃是我的最爱。

　　我一直以为枸杞是北方植物，以西北产的最为著名，宁夏则以枸杞为特产。没想到浙江也有。同事说枸杞并非药圃所栽种，在家乡石坎围墙一直就有，是本地种。看来枸杞还真是不择地而长，西北的干燥与江南的湿润，如此不同的气候，它们一概无视。

种养以后才知道枸杞之易养，因为长势颇为疯狂，每年都需修剪，有些剪下来的枝条随手一插即活，当年便开花挂果，丝毫不勉强。只是这个品种所结的枸杞子个小，晒干后更是只有很小一粒，不及宁夏枸杞子的一半。我也不在意，大多都喂了鸟儿。常常是大清早，听到叽叽喳喳都是鸟叫，推出门去，轰一声飞走，空枝雀静，一粒不剩，留下一堆鸟粪。所以，枸杞对我来说只是观赏植物。

有一年，去广东汕头，见饭店有招牌，写煲汤全用枸杞菜，

Lycium chinense Mill.

枸

杞

颇为正经严肃的通告。我想，这枸杞菜是什么东西，不会是枸杞的叶子吧。一日，逛当地菜市场，见有一把一把的枸杞叶卖，枝叶一起，正是所谓的枸杞菜。原来，南方吃枸杞叶，所以习惯名枸杞菜，北方吃果，故多呼枸杞子。忽然惊觉，枸杞的分布天南地北，南竟至广东。

枸杞生长有一特性，就是在春季时，会迅速抽出枝条，速度很快，小楼昨夜听风雨，一宿的工夫，便抽出许多嫩枝条来，如雨后春笋般，所以不必像春日摘菜心，只取顶上一截，枸杞菜可取一整条嫩枝，入菜皆不老。我知道它能作为菜蔬以后，年年采一大把尝鲜。

枸杞菜的最佳搭配是猪肝，再加一些瘦肉一起煮汤，全名枸杞菜猪肝瘦肉汤，也叫枸杞菜滚猪肝汤，这是我在广东经常吃到的汤。就像蛤蜊和九层塔，一旦猪肝与枸杞叶子在一起过，就很难再分开。我不喜欢吃没有九层塔的蛤蜊，无论你怎么炒法，都不合胃口。当然蛤蜊炖蛋除外，那是另一种做法。我也不吃不用枸杞叶的猪肝汤，但允许猪肝炒茭白。我还问过几个广东人，都说猪肝只能与枸杞菜煲汤，其他做法都不合适。

广东人煮这个汤[2]，有讲究，枸杞嫩枝要茎、叶分离，用手一捋，叶子就全下来了。先煮枸杞枝，用文火，等枸杞枝出味后，捞出，放枸杞叶，煮沸后再加猪肝和瘦肉一滚，即好。这容易理解，市场所卖的枸杞菜，有些枝老，煮进汤里，吃时入口有纤维，但老一些的枝有味，所以煮出味即可，此味有一些些苦，但要的就是这个味道。我自采枸杞菜，茎叶皆嫩，不离不弃，切小段，料足即可。

自此，院中枸杞不再只是观赏植物，成了蔬菜。但一年也就在春季取一次两次，其余时节，枸杞也不会有疯长的嫩枝叶。我不知广东市场枸杞菜为何四季皆有，在我这儿，此枸杞菜真是应季时鲜。

枸杞叶还能做一些家常菜[3]，也是在广东吃到的，像枸杞菜炒蛋，亦是美味，但双方的依偎感不强，不至于一物降一物，若说炒蛋，我偶尔还是会惦记韭黄。另外，我把枸杞叶能吃一事告诉我妈，她竟然以枸杞叶替马兰头，做了一份香干枸杞菜，淋一些麻油，也是好吃。

注释：

　　1 植物分类上，枸杞为茄科枸杞属灌木，属下有枸杞、宁夏枸杞、黑果枸杞、云南枸杞等不同品种。在宁夏枸杞的产地，枸杞叫"茨"，但茨其实是蒺藜，与野生枸杞有点像，一般被伐来当柴火烧。野外，枸杞与蒺藜混生，在民间也就把"茨"当作枸杞的俗名。

　　2 在广东，文火慢煮的叫炖，为煲汤，是老火汤。用时很短，食材在汤水中一过即熟的，叫滚。

　　3 还有诸多地方菜用枸杞菜，如枸杞叶鸡汤在各地有见。另，广东梅州有一道三及第汤，也用枸杞菜，所谓三及第本是指科举殿试头三名之状元、榜眼、探花，后人把猪肉、猪肝、猪粉肠比作三及第，三及第汤就是用这三及第和枸杞菜煮的汤，这是一道客家菜。

细掐徐闻鼠耳香

黄花粿的制作方式与艾饺一样，
先用开水焯一下叶子，
然后捞出剁烂，
与米粉或糯米粉混，
传统则需要在石臼里捣，
就跟做年糕一样，
需要一些力气。

鼠麴草

上海人把清明节前吃的绿色的糯米团子叫青团。我初来上海时，每到清明前，见南京路、淮海路上那些老字号食品店里卖的青团，颜色碧绿，用一张塑料薄膜紧紧裹着，看上去油亮油亮，总觉得不正宗，怀疑是添加了色素，后来才知上海市面上的青团是用小麦草汁和糯米粉做的。

上海人对一些老字号店铺的青团趋之若鹜，清明前几天排队也难以买到，价格还高得离谱。据说，今年杏花楼的六个青团卖一百五十块钱，甚至网络上还出现了代购。明前青团如卖明前茶一般，我对之则是喜闻乐见。总之，尝鲜最贵，这也是一种惜时的态度。

我不习惯吃这类青团，总觉得，青团应该是用艾草才对，才与传统文化和节日习俗有一定的联系。不过艾草制作的团子颜色暗，没有那么鲜绿。在我老家绍兴，把这叫艾饺，且艾草要切碎了混入米粉或面粉之中，要看得见，并不像小麦草那样只用汁水。江浙一带向来没有吃饺子的习俗，这好像是唯一带"饺"字的食物，或许真是南北交流的产物。在制作上也的确是饺子的形状，咸的那种里面包时鲜的笋、豆干、肉等，甜的就包豆沙。在制作甜艾饺的时候，和粉时最好把糖混入。

在江南其他地方，艾饺也叫艾团，更多的是叫清明粿，往往做成球状。这个粿字，又是一个特别南方的用词。在广东潮汕一带有特别多的"粿"，比如扁扁宽宽的米粉叫粿条，澄面皮包韭菜馅儿的叫无米粿，米粉片儿汤叫粿汁，萝卜糕叫菜头粿，等等。在一些小食店还有各种粿类美食，对于一个外地人来说，看着会慌乱，不知道该怎么点单，虽然都为粿，好像是同一类食物，但又不是一类食物，需要一一试过才知，"哦，原来是这！"

这让我想起日本的和菓子，和菓子也多是面

或米粉类点心。虽然菓本是果的异体字，字从艹也可以特别表达是草本植物结的果，但在日本，团子、麻糬、馒头、铜锣烧、羊羹等都叫和菓子，在不同的地方，还有不同地方特色的和菓子，就像我们的粿所包含的一样广杂。慢慢接触多了发现，和菓子基本上等同于日本点心，只不过是以甜食为主，特别甜，不像潮汕的粿，咸甜都有。吃日本和菓子跟吃潮汕粿一样，若没有专门了解过，也是猜不透的。

用艾草参与制作的清明粿有着艾草独特的气味，我不用香味一词，用气味，因为这种味道不是所有人都能接受。艾草制作前需要焯水，气味减弱，但口味依旧，市面上的上海青团则完全没有这种味道，这也是我无法认同小麦汁青团为清明前寒食的原因。当然，这只是我个人的感受，每个人从小所遇习俗不同，留下的印记会让后来对一些事物的认知也不同，顽固，难以改变。

我在日本吃过一种叫"草饼"的和菓子，糯米绿豆馅儿，入口遇到一丝香味，突然就感动到了，好熟悉的味道，一时想不起来。吃完，余味绕了半天，念叨着、念叨着，忽然就对上了，这不是艾饺的味道吗？日本的草饼也是用艾草制作的。

我小时候还吃过一种叫"黄花粿"的清明食物，离别家乡多年，就再也没吃到过，每次跟人提起，解释半天，对方都茫然不知所云。

黄花粿是用一种带一层白色绒毛的野草叶代替了艾草，这种植物清明过后就会开黄花，然后就不再被采来为食，所以只能在清明前采制食物。黄花粿的制作方式与艾饺一样，先用开水焯一下叶子，然后捞出剁烂，与米粉或糯米粉混，传统则需要在石臼里捣，就跟做年糕一样，需要一些力气。以此为皮包馅儿，蒸熟以后的颜色黄绿。比起艾饺，我还是更喜欢吃黄花粿，虽有味，但很柔和。

黄花是因为它开黄花而随便一叫的俗名，后来看了周作人写的《故乡的野菜》，才翻译过来。周作人说："黄花麦果通称鼠麹草，系菊科植物，叶小微圆互生，表面有白毛，花黄色，簇生梢头。春天采嫩叶，捣烂去汁，和粉作糕，称黄花麦果糕。"他还提到一首小孩唱的歌：黄花麦果韧结结，关得大门自要吃，半块拿弗出，一块自要吃。

我小时候没唱过这样的歌，但歌词的确是绍兴话，要么没从他们那的会稽传到我们这的山阴，要么就是失传了。周作人还提到清明前后扫墓时用黄花麦果作供，有一种将之做成小颗如指顶大或细如小指的，叫茧果，我也没见过，他也不明白，说是保存古风的人家才有做，"故有是称，亦未可知"。

他说的黄花麦果，也不是我小时候的叫法，我一度怀疑是不是他本写成黄花，民国出版排印铅字的时候，没这个字，拆了变成麦果。再一想，嘲笑自作聪明，民国都是竖写竖排，不会有这个错，只能说传播走了样。还有，周作人也提到了日本的草饼，说是用鼠麹草做的，没说是艾草，这难道又是我味觉上的错乱？

不过周作人说了鼠麴草，解决了其中好多疑惑，知道的人就多一些，很多地方都用它来做粿或糕。潮汕的诸多粿类中也有此物，叫鼠壳粿，还用木模压印图形，因为多是桃形，也叫桃粿。若不是说破了此鼠壳就是那黄花，仅凭口味以及遥远的那点记忆，我还真的很难将它们等同起来。

至于为什么叫鼠麴草，原因应是它的叶子毛毛的，如老鼠的耳朵。唐代皮日休有一句很好的诗，"深挑乍见牛唇液，细掐徐闻鼠耳香"，一个牛唇，一个鼠耳，牛唇是泽泻，鼠耳即鼠麴草，这两个都可以采来作野菜。揉捏新鲜的鼠麴草只有淡淡的清香，不像艾草味那般浓郁。泽泻虽入药，单独用则全株有毒，奉劝一句"不是高人不合尝"[1]。

———

注释：

[1] 最后一段那句诗是皮日休的《鲁望以躬掇野蔬兼示雅什，用以酬谢》，诗的最后一句是"不是高人不合尝"。全诗：杖摘春烟暖向阳，烦君为我致盈筐。深挑乍见牛唇液，细掐徐闻鼠耳香。紫甲采从泉脉畔，翠牙搜自石根傍。雕胡饭熟馂饨软，不是高人不合尝。

少年郎的家乡菜

到了上海，
有一道名菜叫草头圈子，
圈子就是猪大肠，
横切了是一圈一圈之物，
叫圈子很形象，
也比直接叫大肠好听一些，
这道菜以草头、
猪大肠加老抽和绍酒一起烹饪，
美味。

南苜蓿

苜蓿目 · 豆科 · 苜蓿属

　　早春最鲜嫩的蔬菜当是草头。前两天买了一把，放厨房，结果有事，在外面吃了几餐，回家再下厨，才想起来有一把草头，已经蔫了，于是扔进了垃圾桶，隔了好一会儿突然想起来，草头是可以扦插的，又再捞出来，一根一根种到了地里。

　　本不指望它们还能活，就当是肥田。草头属于豆科，原本就是肥田植物。一场春雨后，蔫掉的草头又昂起了，嫩叶也长了一些出来，活了，稀稀拉拉长了一小块地。我现在开始担心它的杂草本性，怕将来除不尽。

　　草头的正式名字是南苜蓿，豆科苜蓿属，这是一种南方常见的苜蓿。还有一种叫草子的植物，也就是紫云英，是豆科黄芪属的植物，农村大面积种植，每年开花的时候，大片大片的紫色，非常漂亮。在不开花的时候，草子与草头很像，但草子主要是喂猪和肥田，草头还是人吃，当然，若大面积种植的话，也喂猪。

很多人家就是在田埂边种一溜草头，早春摘了嫩茎嫩叶做菜，清炒后滴几滴麻油，又香又嫩。进了城，到了上海，有一道名菜叫草头圈子，圈子就是猪大肠，横切了是一圈一圈之物，叫圈子很形象，也比直接叫大肠好听一些，这道菜以草头、猪大肠加老抽和绍酒一起烹饪，美味。若是念叨着想吃这道菜，只能去馆子吃，自己做不好，大肠处理起来太麻烦，而且亲自折腾过大肠，再做菜，最后吃起来心里总觉得怪怪的。

其实喂猪的草子也有一道菜，草子年糕，那算是江南名菜，这名就不是草头圈子这样的名，不是因为怎么好吃又如何上得了台面，而是对于那些从小在乡下生活，又离别家乡岁月多的人来说，一碗草子年糕就是家乡味、少年味。

不过我问过父亲，关于草子年糕，他说讲究一点的草子年糕用的不是开红紫色花的草子，是用母齐头，一种开黄花的草子，也叫磨盘草子，因为结的籽像一个磨盘而名，它的口感比草子要好许多。母齐头就是草头，就是南苜蓿。

我把草头种地里，本来是想万一四五月份开出一片苜蓿花来，会很漂亮，问了父亲才知道，这种草头开金黄色小花，根本没法跟紫云英草子的花比美，他在上海的邻居家就有种，在一楼的小院子里，种了一小块，开花的时候，只有金色点点，不像紫云英那样一片紫红色的花。

我对苜蓿花有念想，是因为有一年在瑞士访问收藏家乌里希克，他家漂亮，在瑞士山野乡村湖中一岛上。那是早春，看完他收藏的大量中国现当代艺术家的作品，下了楼临走，提到他太太，喜欢养花种草，说到了春天房子周围会开满一片紫色的苜蓿花，脑补了好一阵子，都醉了。

现在才清醒过来，他说的是苜蓿，我种的是南苜蓿，一字之差，方向不同，地方不对，就什么都不对了。

椿芽嫩无丝

香椿除了炒蛋，
另有一道『香椿鱼』的吃法，
其实不过是用香椿挂了面糊在油里一炸，
形状像鱼，
吃起来酥脆柔嫩，
就像早春拿玉兰花瓣油炸一样，
一口下去，
尝一个脆。

香　椿

天为予召　也科　香椿菜

　　惊蛰那天，有椿芽在菜场上市，八十元一斤，狠狠心还是没买，此事一直让我耿耿于怀。卖菜的阿姨说，那是从云南空运来的。我也知道本地的香椿可没那么早。

　　江南一带的气候，到了惊蛰，也就一些杂草有复苏的迹象，因为地面相对温暖。我还没见到有什么树或灌木抽出嫩芽来。只有一个例外，院子里的牡丹，在惊蛰前就抽出了叶芽，而且那芽像极了香椿。

　　春分前一日，在桐庐山村过乡村生活的友人滨斌上树摘椿芽，并记了沈复在《浮生六记》开篇的一句话："天之厚我，可谓至矣。东坡云：'事如春梦了无痕'，苟不记之笔墨，未免有辜彼苍之厚。"话虽如此，然而滨斌并没有记之笔墨，要交付给我的稿件也没有来，理由是农事太忙。也是，此时"望杏敦耕"，不下地干活，伏在案头，未免有辜彼苍之厚。

我见过香椿树，却并没有机缘见刚发芽的香椿，便问他索要香椿的图片。

"怎么爬这么高？"

"低的都被人摘了。"

这些都是村里的香椿树，无主，低矮处长出来的椿芽早被人采走了。滨斌说，菜场所卖的香椿，都是专门种的树，将树修剪成容易采摘的高度。我想也是，若是都这样爬树，零散采上一些来卖，得八十元一斤了。

今天早上去逛菜场，又见香椿。应该便宜不少了吧。

"这香椿多少钱一斤？"

Toona sinensis (A. Juss.) Roem.

香
椿

"一把十块钱。"

我拿了一把掂量着，阿姨回了一句"差不多二两吧"。还是没便宜多少嘛，不过十块一把这种卖法很容易接受，便要了一把，终于释怀。回到家，打算做一个香椿炒蛋，打开冰箱，发现只剩一个鸡蛋，再次耿耿于怀。春光再好，也不想再出门跑一趟了，便找了个碟子，放了点水，把香椿的茎部泡在水里，待明天中午再用。一边又纠结着会不会不够新鲜。

从前，农村一些人家的院子里会种一株香椿，也是截短了，会长很多分枝，从春分至清明，椿芽不停生长出来，所以有"门前一株椿，春菜常不断"的说法。其实能采椿的时间不会太长，最长不过一个月。临近谷雨，椿芽就不好吃了，"雨前椿芽嫩无丝，雨后椿芽生木质"，更何况，一株椿树也经不起天天被采，一个芽都不让长。

现在南方有空运，延长了一些尝椿的时日。其实古代也有，一骑红尘妃子笑这样的事也发生在香椿上。刘侗《帝京景物略》中有"元旦进椿芽、黄瓜，一芽一瓜，几半千钱"的记载。刘侗是晚明人，所说元旦指的是农历正月初一，可不是我们现在说的阳历元旦，即使如此，那个时候要在正月初一吃到椿芽和黄瓜，也属奢侈。此时的两广都难得有椿芽，要让椿树发芽，真得移到寮国、泰国去催芽了。

也有记载说，明代有"供御"蔬菜的"官菜园"，中有暖棚。当时没有塑料薄膜，没有大面积的玻璃，很难想象明代的暖棚建设成什么样子，也就皇家能招揽全国的能工巧匠来设计。英国皇家植物园的暖棚，要在十九世纪中期才有实力建造，且香椿乃树，并非青菜萝卜，要在棚内养护，一般的农人估计也不行。京城的百姓要能吃到本地自然生长的香椿，还得再等两月，清明后才有。

香椿除了炒蛋，另有一道"香椿鱼"的吃法，听起来是一道大菜，却是记载在明代的《救荒本草》里，都救荒了，还吃鱼。其实不过是用香椿挂了面糊在油里一炸，形状像鱼，吃起来酥脆柔嫩，就像早春拿玉兰花瓣油炸一样，一口下去，尝一个脆，带着咬春的意味，冬天已然下肚，春天已经到来。

不过，吃香椿越新鲜越好，市场上摆放多日的香椿就别买了，像我那样懒着，多放一日就会多生出一些亚硝酸盐来，吃之前必须焯水半分至一分钟，为了安全，丧失一些风味也是值得的。一年四季，周而复始，春花秋月要紧，不干冒死吃河豚之事。

淡竹与蒸蛋

竹笋去壳，
切几刀，
入开水汆一下，
再切碎，
打鸡蛋时放入，
加水，
撒些盐和酱油，
打透了，
撒几截小葱在上面，
隔水蒸。

竹　笋

　　清明时节，淅淅沥沥不停地下雨，空气湿润，又恰好的气温，晚上睡觉特别舒服。半夜忽然几声惊雷，把人惊醒，也能很快又沉沉地睡去。早上起来，开门见春笋破地而出。"奇迹啊，昨日未见。"我每次见春笋，都有这样感叹。然后过一天，又叹："这么高了，才一天呀。"我是在江南长大的人，从小见笋，年年都见之惊叹。我有一位从黄土高坡来的朋友，春天出游偶然见到笋的生长，把她给惊的，好长一段时间过去了，见面还跟我唠叨这一"奇观"。就像是南方人第一次见下雪，内心久久难以平静。

　　我在院子里种了紫竹和金镶玉竹，都是同一年种的，至今有好些年了。初栽的金镶玉竹恢复很快，第二年就长出了新笋，细细的，不及小指头粗，紫竹则毫无动静。第三年，金镶玉竹长出中指这般粗的笋来，紫竹终于长出了细软如杂草般的细笋。第四年，金镶玉竹还长前一年那样的笋，紫竹的新笋比拇指还粗，满地都是，感觉大地瞬间被它穿透。

如今才发现，紫竹并不适合种在我小小的院子里，它厚积薄发，一旦恢复了生命力，就无比旺盛，如此下去，不但金镶玉竹没有了生长的余地，其他花草也有危险。碍于我看中了其中几枝竹子是做箫的料，不待上五年，舍不得伐去。但今年新生的笋，只能落肚了。

说起春笋，难忘的还是乡下的淡竹。我们家有一小块竹园，其实乡下几乎每户人家都留一小块地种竹，是为了春天有笋吃，也为了制作竹器用。淡竹的竹篾比其他竹子更适合用来编器皿。

入夏前，会有竹匠挨家挨户叫喊编竹席、修竹席。竹席是夏日纳凉的床垫，用带篾的竹片编织。竹匠只带工具即可，一般人家里都有竹子。竹匠现场劈竹，理出竹片来，编入竹席的破损处修补。补好的竹席，红一块青一块，红色的是老的，摸上去润滑，新的则青，有些涩。家里有一张完好的老竹席，是让人羡慕的，夏日纳凉，打赤膊躺上面，凉爽光滑，睡热了，一个侧身，待凉，再翻睡过去，这滋味在有了空调后就没有享受了。

淡竹笋也好，比我的紫竹笋要粗一些。往往在这样的季节，近中午的时候，入竹园伐一两颗新笋，去鸡窝捡两个鸡蛋，院子破瓦盆里剪两根细葱。竹笋去壳，切几刀，入开水余一下，再切碎，打鸡蛋时放入，加水，撒些盐和酱油，打透了，撒几截小葱在上面，隔水蒸。有时候，家里余有金华火腿，也会切几丝进去，又或者切两片咸肉。这是我最喜欢吃的一种蒸蛋，全部求新，旧火腿和咸肉则是调节一下鲜味和气氛，可无。

另有一种笋，特别鲜，蒸蛋最为适合，那是山里的野竹笋，很细，剥去笋壳就只有铅笔这般粗。无须切碎，顺着笋切片就行。

我一直以为是要把蛋蒸成松松的，像马蜂窝的才算本事，却没想过要把蛋蒸成果冻一样，平整光滑。现在好多蒸蛋攻略都教你这招，连保鲜膜都用上了，这真心不是口感上的较量，而是价值观的不同。一个顺滑，一个富有质感，是萝卜和青菜的问题。当然小资产阶层则认为这是阶级较量，是资产阶级和农工阶层的区别。

显然我被划入了农民这一层，我不仅从来不考虑蒸蛋是否要光滑的问题，而且我还喜欢加料进去，特别是春笋，一定不能缺。过了笋季，我很少吃蒸蛋，我总觉得那对鸡蛋不公平，除非有蛤蜊救场。

另外，关于蒸蛋，我还有一个私人喜好，我并不愿意把鸡蛋打透了。若是宴请朋友，自然是要把蛋打得均匀，努力蒸出一碗众生平等的蛋来。若是一人吃独食，我往往刻意不打匀，这是要惊喜，就像看电影最后要有一个彩蛋。我也希望吃到最后，碗底竟有一层厚实的鸡蛋结着，要用调羹刮下来，这层蛋还裹挟着一丝尚未融化的盐，咸咸的口感，味道极美，意味着这一碗蒸蛋快吃到了最后，是压轴之好戏。当然，你也可以认为这癖好是马虎作业的遗传，我也不好反驳。

小时候，家里人口多，要做一桌子菜，父母不会在一碗蒸蛋上花太多的功夫，两根筷子在碗里比画几下，就搁竹架子上蒸了，架下是饭，饭煮好，蛋也同步蒸好，它很少有单独被蒸熟的待遇。所以，我常能吃到蒸蛋中偶有部分没被搅匀而凝结在一起的蛋黄，或者粘在碗壁的蛋白，往往都是惊喜。

当然此类事情会带来两个相反的结果，有些小孩会厌恶这种做法，长大了仍不能释怀，仍憎恨。有些小孩，像我，一切都欣然接受了，长大了则会觉得那是童年美好时光的一些印记。不过吃此种蒸蛋有一件事是令人极为讨厌的，就是洗碗，碗底结的鸡蛋很难完全洗下来，要用丝瓜筋来擦拭，一丝不漏才行，不然侧过来一看，碗底上还是有蛋痕。

长不大的土人参

土人参与人参算不上亲戚，
人参是五加科人参属植物，
多生长在北方。
土人参是马齿苋科土人参属，
原生是热带美洲。

土人参

土人参，又名土高丽参或假人参。我还真把土人参当人参养过，以为它能长出肥大的根来，精心照顾，结果两年三年过去，小心翼翼地挖出来一看，都没有小手指这么粗，晾干了，更是瘦弱得跟一根麻线一样。真要养到人参这般，得熬得住时日。我见过有人养土人参，每年提出一部分根，当盆景养，多年后，那肥大的根比人参还粗壮，跟萝卜一样。

土人参是小时候养过的花，它与紫茉莉、凤仙花、太阳花、鸡冠花等，装在我的童年记忆里，是夏日最灿烂的草花。它们被种在破旧的瓦盆或是废弃的破脸盆里，堆在院子一角，到了盛夏，蓬院生辉。

这些花的自播能力都很强，一旦种过就不会再缺，年年春天花盆里会长满花苗，都不需要专门收集种子播种育苗，只需清理一下花盆，留下一两株特别强壮的苗即可。特别是土人参和紫茉莉，其根茎在第二年还能再长，不留苗都行。紫茉莉更甚，有些长在围墙石缝里，其硕大的根，几年后都能把墙给撑裂了。

我对于把土人参养成人参一事坚持过，守护着几个破花盆好几年，相信既然叫土人参，总有像人参的地方，但终究没有养出高丽参来。儿童总是太天真，好几年独自守护，一直没遇上懂植物的知识分子，经历了失败，心情沮丧，也只能自己消化。

现在我知道，土人参的根还真的可入药，有人参一样的滋补强壮的功效，这应该也是它得名的原因。其实土人参与人参算不上亲戚，人参是五加科人参属植物，多生长在北方。土人参是马齿苋科土人参属，原生是热带美洲。不过，插一句，人参是有同门兄弟的，叫假人参，也叫人参三七，主要生长在西南地区，包括专治跌打损伤的三七，都与人参一个科属。

土人参压根儿不是人参，洗干净了也不是，而假人参反而是人参的一种。真是让人晕菜！虽然没能攀上人参，但土人参是可以走进日常当蔬菜的。我其实已经很多年没见过土人参了，去年，花盆里莫名其妙长出一株来，唤起了童年记忆。

我也不觉得奇怪，院子里的紫茉莉也是突然出现的，还只是苗的时候我就认出来了，没有被当成杂草拔掉。突然出现的土人参长过一年后，今年的春天，边上的地里自己长出来一茬，这次只能整茬拔去，只留下两三株，用盆栽来养。结果，没几天时间就遗憾了，我竟然在生鲜超市看到它了，第一眼就觉得眼熟，一看说明，果然就是土人参。

而且卖的还不是整株，只剪了嫩茎叶。以我自己的种植经验，只是取它的嫩茎叶的话，它仍能不断生长，可以像割韭菜一样，整个春夏取之不竭啊。超市的巡视员说，这种蔬菜爽滑脆嫩，可清炒或做汤，以前可是不进市场的，只供应高档宾馆。

哦哟，这么土的东西，调子拔这么高，我心理上一时难以接受。现在看着这正开花的土人参，想这药蔬兼用的圣品怎么被我种在破盆子里，实在有点委屈。明年打算改种地里，条播，身份调整为蔬菜。

罗望子酸汤

越南的罗望子酸汤，
是南越湄公河三角洲一带的家常菜。
其中酸汤鱼是代表，
也可以是酸汤虾、
蟹或其他海鲜，
其地位相当于泰国菜的冬阴功汤。

罗望子

注目：苏木科·酸角属

北越军队几乎已经包围了西贡，下了最后通牒，要求美国人在24小时内全部撤离。新山机场遭北越轰炸，机场被毁，无法使用，美国人改用直升机疏散。被抛弃的民众疯狂赶往美国驻越大使馆，寻求逃离的机会，除了美国人外，能有一线生机的人或多或少都与美国人有关系，如翻译、厨师，甚至用人、情人，有人谎称有关系，有人凭蛮力进入。大使馆乱作一团，焚烧档案、资料、南越纸币，还有几百万美钞也一并化为灰烬。

美国海军陆战队赶到使馆广场，准备砍倒广场上的一株罗望子树，以便给直升机腾出起降的空间。这株罗望子树被视为维系美越友好关系的职责所在，此刻已倒，美越关系也随之崩溃。

这是美国纪录片《Last Days in Vietnam》里 1975 年美国人从越南离场的慌乱场景。我看着那棵粗壮的罗望子树倒下，随后直升机到来，一批一批的人们离开。美国人也算是尝到了酸酸的罗望子味。

罗望子树在越南很常见，它们的命运却并未因为政权的更替而改变，也没有因为大使馆这株带有象征意义的罗望子树而受牵连，它们照旧生长，依旧在人民的生活中扮演着原来的角色。

西贡，被北越控制之后，改叫胡志明市，仍是越南的大都市，街头巷尾都是咖啡馆，卖着它独特的滴滤式咖啡，越南餐厅自然不少，有我爱吃的火车头米粉、春卷，有我每次想起必然口腔渗水的酸汤鱼。与云南酸汤鱼用酸木瓜不同，越南菜的酸味来自罗望子。

罗望子这个名字较古雅，不了解的人不知其酸，其正式名字为酸角树，果实就叫酸豆或酸角。名字带酸，你能想到它酸得有特色。酸角树广泛分布在广西、云南、越南，尤其以越南为多。越南人将酸角的果肉做成膏状，是厨房必备调味料，做带有酸味的菜时，必然会挖几勺来用。

我们把酸角当水果吃，在南方的水果店也有卖，我第一

tamarindus indica l.

罗
望
子

次见着的时候还以为是龙眼的变种，只是球状变条状，还真是像，剥开了看果肉就跟龙眼干一模一样，当然味道就完全不同了。我还听到有人叫它"狗大便"，绝妙，让人无语。

越南的罗望子酸汤，是南越湄公河三角洲一带的家常菜。其中酸汤鱼是代表，也可以是酸汤虾、蟹或其他海鲜，其地位相当于泰国菜的冬阴功汤。

罗望子汤以罗望子果肉做底，放入菠萝、番茄、秋葵，增加其酸甜鲜味，再有芋头秆、稻米草、刺芹、九层塔等越南本地常用的香草，搭配出完全独特的酸香口感，极具越南特色，以这种酸汤来煮鱼、虾，即是经典的越南酸汤美食。

酸汤也不限于越南，东南亚都有，只是配料稍有不同，但罗望子绝不可缺。在马来西亚，有一道"阿三鱼"，其实就是罗望子酸汤鱼，当地人把罗望子叫 Asam，因为配料不同，又酸又辣，倒是像冬阴功。相比阿三鱼，我更喜欢越南酸汤鱼，后者品其酸鲜，汤色清爽，阿三鱼则有点马来风味了。

云南有用罗望子做的酸角糕，也是好吃的酸甜食品。有成品卖，也可以自己做，很简单。

将酸角去壳泡水，待果肉松散，则搅拌，使果核脱离，用纱布过滤，去核，去纤维和渣。将滤纯了的果汁放锅里煮沸，放入白糖和麦芽糖浆，待白糖充分融合在酸角汁中，改为小火慢熬，直到闻到酸角的香味。加入天然食用琼脂，使其与酸角汁慢慢融合，当气泡大而均匀冒出时，装碗冷却即可。若是讲究一些，可用磨具做出各种形状的酸角糕。

现在市面上能买到的罗望子或酸角，吃起来没那么酸，反而是甜甜的，其实是改良种。我在西双版纳热带花卉园见到一株酸角树，标牌上写着"甜角，为酸角一类甜型栽培品种"，这种酸甜的酸角就适合直接吃或做糕，若做酸汤，还是得用原种的酸角罗望子，才不负其酸名。

去年在胡志明市旅行的时候，还专门跑去美国驻胡志明市总领馆一带逛，纪录片中的美国使馆已经被拆，改为一个小型公园，新的领馆就在边上。这一带是领馆区，胡志明市的商务区也在附近，颇为现代，四周围树木高大、郁郁葱葱，自然也有罗望子树。马路一侧的绿荫下，站满了人，都是等着办签证的人们。

茨菇花白小如萍

茨菇烧肉，
且只能烧肉，
红烧，
得浓油赤酱才行，
要放桂皮、
大料。
肉是块状，
茨菇掐头去尾，
也要切成块，
厚一些，
不能切成薄片，
太薄，
酱和肉味会透底。

慈 菇

以前杂志社的编辑慨然应允，要写一篇关于茨菰[1]的文章给我，以"茨菰大概是开花最好看的一种食材"开头。两年过去了，文章还没好。我不能剽窃她的文字，就此引用开篇。

茨菰花漂亮，但要说是开花最好看的食材，则真是轮不上。不去比水果，就比下厨用，需要蒸炒煎煮之物，像藕有荷花，秋葵之花如槿，百合更不用说，名花一种，即使青菜、萝卜之菜花，开花也漂亮得多，这么说起来，茨菰远不及。但茨菰花之美在于不俗。临水而生，有似燕尾之叶，花茎挺立，寥寥几朵白色小花，清爽低调。明代学者杨士奇写诗说："岸蓼疏红水荇青，茨菰花白小如萍。"这是一种讲究意境的植物，一点不热闹，也并非谁都认识。

前些年与一众朋友去泰国，见到茨菇开在水边的白色小花，无人认得。有人对它的叶子有些印象，像是在水稻田头见过，终究还是说不上来，但茨菇都吃过。于是惊讶，竟然如此啊。

茨菇这种植物，在国外，多是水岸造景的园林花卉，搭配菖蒲或是鸢尾，水面有一些浮萍，远处或有荷花、睡莲，它只在岸边，寥寥数叶，一两根花枝，起点缀作用，很少作为菜蔬种植。恰在中国，茨菇成为了食材，吃的是它的球茎。在江南，它与茭白、莲藕、莼菜、菱、水芹、芡实、荸荠等一起为水八仙。

茨菇味苦，并不讨喜。汪曾祺写过文章，说他"小时候对茨菇实在没有好感，这东西有一种苦味，真难吃"。我还是挺喜欢吃茨菇的，要不是有些苦味，也就真没啥吃头了，与土豆有何分别。

茨菇烧肉，且只能烧肉，红烧，得浓油赤酱才行，要放桂皮、大料。肉是块状，茨菇掐头去尾，也要切成块，厚一些，不能切成薄片，太薄，酱和肉味会透底，吃起来那丝苦味消失，

Sagittaria sagittifolia L.

慈

菇

咬起来没有质感，就不像茨菰。在这个菜里，肉成了配料，茨菰才是主角。

茨菰烧肉是春节才有的菜，平日里少见。所以吃到，哪怕只是提到它，都有春节气氛。《本草纲目》里记载茨菰是"霜后叶掐，根乃练结，冬及春初，掘以为果"，它的收成就在冬日，掘起后也放不了太久，天气一暖会出芽。与它同时出现在饭桌上的是另一个水八仙之一的荸荠，又叫马蹄，这两个食材像是兄弟，看到一个定会想到另一个。不过荸荠处理起来麻烦，个小还需要去皮，不能用刨刀，只能用小刀切，往往不愿意拿来做菜，南方往往用它与甘蔗一起煮糖水，叫甘蔗马蹄水。煮熟的荸荠去皮就很容易，当然，也有这样煮了去皮后，然后再做菜的。

茨菰也有不烧肉单煮的，一般在烧饭的时候，一起蒸了，饭好了，就拿出来，剥掉外皮吃，这样吃的确苦苦的，味道一般。其实，这种蒸法最适合的是芋艿，江南的那种子芋，也是冬季食物，洗干净了，连皮一起蒸，熟了取出，此时皮肉分离，很容易剥去，然后有两种吃法，蘸糖或是酱油。

我没吃过汪曾祺提到的咸菜茨菰，被他说得像是穷苦人家的食物，很无奈才吃，也吃得很无奈。咸菜和茨菰一起，听起来很怪，那应该不是江南的吃法。不过我稍有印象，好像在餐厅吃过咸菜茨菰豆腐煲。也在苏州吃过油炸茨菰片，这种吃法在日本流行，也就是茨菰天妇罗。

虽说如此，以我的口味，茨菰还是只能烧肉。只不过它这样浓油赤酱的身后事，与其身前花白小如萍的寡淡风景，是多么不相称。

———

注释：

① 茨菰，泽泻科茨菰属多年生挺水植物，有很多品种，国外常见的园艺种与国内的菜蔬品种有些不同。茨菰另有名慈菇或燕尾草等。在《中国植物志》上以慈姑为标准名，日文也写作慈姑。

长沙王的马蹄火锅

粤菜「马蹄蒸肉饼」就是把肉剁成糜，把马蹄切成小粒，混一起摊成饼蒸熟，吃的时候，嘴巴里捣着肉，突遇马蹄，顿觉清爽，油而不腻之感。

荸荠

禾本目 / 莎草科 / 荸荠属

良渚博物院的长沙国贵族生活特展上,有马王堆汉墓出土的汉代生活用品,除了一副奢华大棺材照应的是身后事,更多的还是体现了鲜活的人生,如美食、食材以及精致的食器。

一套一人食青铜火锅组合,设计精美,让人喜爱得不得了,我从各个角度给它拍了照,急欲找做铜器的朋友复制一套。若担心长期食铜,会铜摄入过量,可把锅改成铁打出,其余不变。

著名的美食有藕片汤,据说刚出土的时候藕片还是好好的,一片一片,切得整齐,汉代贵族家的庖厨刀功了得,等考古人员为它拍照留影完毕,就化了不见,只剩一锅水,我一个朋友的朋友是当时的现场考古人员，目睹了这一过程。

　　展览还展出了一系列的木牌，当年出土有一百多枚，吊系在装食物的竹笥上。这些木牌上面都写有食品的名字和做法，放在一起，相当于现在的菜单。如牛脯笥、腊兔笥、熬爵笥，也就是牛肉干、腊兔肉、干煎麻雀，笥是竹制的容器。其中一块木牌上写了隶书的"唐扶籽笥"四字，唐即糖，这"扶籽"二字，我怀疑写菜单的人太随意，应该是"扶籽"，"扶籽"读音 fuzi，与凫茈（fuci）音近，这凫茈就是现在的荸荠。

　　荸荠在两广一带叫马蹄，很多百科词条解释荸荠为何又叫马蹄，说它形状像马蹄，乱扯，尺寸不对，也完全不像好吗？"马蹄"是很南方的叫法，跟马没有什么关系，纯粹粤语"matai"的音译，据说源自古越语。我问过广西人，在他们的语言里，"matai"就是"地下的果子"，ma 在壮语

等南方民族语言里有果子的意思。荸荠另有别名"地栗"或"地梨"，与马蹄是一个意思。地栗很形象，荸荠的确像是长在地里的栗子。

　　如今，凫茈这一传统正宗的叫法已经绝迹，荸荠、茡荠等类似称呼主要集中在吴越一带，马蹄这一南方名字却流行全国，大概是因为粤菜传播的原因，比如"马蹄蒸肉饼"，比如粤菜馆提供的现煮糖水"甘蔗马蹄水"，很多人都吃过、喝过吧。在不产荸荠的北方，反而马蹄听起来更熟耳，而且不像"荸荠"一词，初次接触会有认知和书写的压力。

　　粤菜"马蹄蒸肉饼"就是把肉剁成糜，把马蹄切成小粒，混一起摊成饼蒸熟，吃的时候，嘴巴里捣鼓着肉，突遇马蹄，

顿觉清爽，油而不腻之感，就这么来了，而且吃着有质感。有时候，这道菜会再加章鱼肉粒，就叫"章鱼马蹄蒸肉饼"，加香菇叫"香菇马蹄蒸肉饼"。而"甘蔗马蹄水"其实是经典的广东凉茶，一般叫"甘蔗马蹄爽"，是街边凉茶铺里卖得最好的品类，原因简单，因为甜，好喝，没有其他凉茶的青草味或苦味。餐厅里的"甘蔗马蹄水"，除了甘蔗和马蹄，还会添加一些食材，如胡萝卜、红枣，或是姜丝，让它看起来更丰富一点，颜色也好。甘蔗马蹄水清热去火，典型的凉茶功效，因为马蹄消渴祛痹。

还有一种马蹄汤水叫"五汁饮"，是荸荠汁加鲜藕汁、梨汁、鲜芦根汁、麦冬汁一起，也是生津消热的饮料，常有健康专家推荐给老年人喝，说是能降低血压。我喜欢吃荸荠。小时候过年，吃多了饭菜，大打饱嗝，大人会让我们吃点荸荠，以助于消积食。荸荠正好是冬季产，家里常煮。但荸荠吃多了，会让人腹胀气满，肚子鼓鼓的，难受。

我是在浙江农村长大的，鱼米之乡。家乡种水稻，会在稻田边留一小块地种荸荠。荸荠浅水生长，正好借水稻之水。荸荠夏季种，借着晚稻，叶绿，细长如葱，用手一扯，会发出哔哩哔哩的声音，小时候手贱，路过荸荠地，常扯它的叶子。

初冬稻熟，稻田放水，农忙收割，荸荠地会再留一段时间，天更冷一些后，就铲了收成。然后，我们小朋友们就出现在田头，一家家的荸荠地走过去，扒拉泥土，捡漏，能挖到七粒八粒的，特别兴奋，在水沟里洗洗就吃，爽脆甘甜。

现在就不敢生吃荸荠了，因为说荸荠水生，容易附着较多的细菌和寄生虫，最好煮透了再吃，其实煮熟的荸荠更甜，也不会煮糊，依旧脆脆的。我们也是切几段甘蔗一起煮，甜甜的，吃完荸荠连水一起喝了，跟广东凉茶甘蔗马蹄一样。甘蔗之所以与荸荠配，是因为甘蔗也是在初冬成熟，同样南方植物，而且地方上的赤脚医生说，甘蔗与荸荠配合煮的汤水可预防流感，冬春值得常喝。

荸荠很能长，我们种一分、半分地的荸荠，吃到年后，也吃不完，春暖花开时，荸荠易坏，就把剩下的荸荠晒干保存，以免烂掉。其实夏季才种的荸荠，就是这么晾干了从冬天放到夏天，然后才育苗种下。提一句，若生吃，晒干后的荸荠则美味加倍，非常甜。

据说荸荠性能毁铜，在铜器中贮荸荠，很易腐坏。在古代若有人误吞铜物，医生即让他吃荸荠化铜。所以，若真用汉代贵族那组一人食铜器火锅套件，餐后小食，搭配荸荠即好。

辣木

新鲜的辣木叶子也没什么味道，微微揉一下有一点点辛辣，再努力揉捏就是青草味了，没什么特别，做茶就需要调配。

辣　木

白花菜目·辣木科·辣木属

　　菲律宾宿务岛南部村寨。这里每家每户的户外空地都种了一种灌木，一人多高。为了采摘它的嫩茎叶，村民在低处将树截断，疏疏朗朗生发出很多嫩枝来，不然，照树干的样子，这种树一定能长成乔木。

　　当地菜市场也有卖它的枝叶，一把一把卖。他们叫它"莫林嘎"，作为蔬菜烧汤，也清炒，很常用。跑到更南部的杜马盖地，以及附近岛上，依旧常见，在房前屋后像篱笆一样种着，需要的时候，扯一把即可炒一盘。在当地餐厅也能吃到它，我一直觉得这味道很熟悉，因为有人提醒，才觉察出它吃着像菠菜，甚至比菠菜还好吃呢！

　　我对这种植物不甚了解，但想起来也有一点印象，好像在缅老一带的菜场也见过，没太留意，因有三回羽状复叶，我一直误以为它是某种豆科植物。

前段时间在老挝边境的磨憨，看到有店家摆摊卖一种辣木豆子，张贴了习近平和卡斯特罗的合影为广告，说这种豆子是习主席送卡斯特罗的国礼，营养丰富。我特地查了一下辣木，才惊觉，这不就是菲律宾人家门口的"莫林嘎"吗？辣木的英文名就是Moringa，只是菲律宾人的西班牙口音重了些。

我们常说某某动植物全身都是宝，辣木还真的是。要介绍辣木，好像也没有比这句话更贴切的了。前面说了，它的叶子可以做蔬菜，为汤，或炒，或是沙拉。我在一家健康食品店还买过一罐茶，本来是喜欢包装才买的，铁盒，圆形茶包，留意了才细看，是用辣木叶、未发酵的南非路易波士调了芒果风味，拼配而成的一款茶。新鲜的辣木叶子也没什么味道，微微揉 下有一点点辛辣，再努力揉捏就是青草味了，没什么特别，做茶就需要调配。被称为奇迹之树的辣木，并不是因风味而流行，而是因为它有增进营养以及在食疗保健方面的功效而被推广。

十九年前，美国基督教世界救济会推动过一项计划，他们在塞内加尔的干旱地带种植辣木，将辣木叶加入当地人民的饮食中，用以对抗营养失调及预防疾病，有显著的成果。这项计划使得辣木树风靡。问菲律宾人，"莫林嘎"是什么时候引进的，他们也不是很清楚，很早已融入日常生活。跑几趟当地的菜市场会发现，辣木叶应该是菲律宾最常见的蔬菜之一，仅次于空心菜。

辣木原产印度及非洲的肯尼亚图尔卡纳湖附近及埃塞俄比亚西南部，推动它风靡的还有一个原因是种植容易，无论是非洲这样的干旱区，还是菲律宾这样潮湿的热带海岛，都能快速健康成长。

现在中国也努力推广辣木，连国家领导人都出马了。若是推广成功，辣木叶饺子将会有机会与茴香叶饺子齐头并进。另外，素食餐厅将会出现"鸡腿"，那是未成熟的辣木果荚，像鸡腿，煮熟了，加点调味酱就可吃。很遗憾没吃过，无法描述这种素鸡腿的风味。我只在泰国超市见过"鸡腿"罐头，

这种罐头也多是出口到欧美，本地人应该不会消费。欧美市场有很多蔬菜罐头，比较为人熟知的就是朝鲜蓟，多中国产。

辣木开黄白色的花，有淡淡的香味，也能吃，有点蘑菇味，说是在略变白后加入沙拉中食用，没太留意。而且人们一般也舍不得采花吧，都留着长鸡腿呢。鸡腿要是来不及采，另一超有价值的东西就会成熟，果荚里的种子，可以打成粉末作为香辛调味料。

之前说辣木全身都是宝，它把一切都贡献给了人类。即使种子来不及打粉，又来不及炒豆子吃，索性就培育了发芽长苗，辣木幼苗的根干燥后还能打成粉末，也还是作为调味料，风味甚至超过种子。写多了"全身是宝"这类恶俗的词句，我有点担心今晚做梦，会梦见自己变成了一只小蜜蜂。

木香花湿雨沉沉

木香花也可用白糖腌渍，
制作木香花糖糕，
这与制作玫瑰花糖糕一样，
一层糖一层花瓣，
压实了，
压至花瓣的汁水浸染到糖，
然后整瓶在阴凉处存放，
两三个月后即可食用。

黄木香花

木香花的一根枝条，竟然够到了院子外面一株高大的关山樱上，然后又垂下来。关山樱是晚樱，四月上旬开花，我都能数出它今年开花的天数，先是萌黄的叶芽出来，并有了花苞。

一天，早上起来，看到有一些花开，呀！樱花开了；第二天，满树怒放，我拍了一些照；第三天，下雨，花残；第四天，天晴，花依旧盛放；第五天，有风，铺了一院子花瓣。我眼前的樱花季就结束了。几天后，闻到了熟悉的花香，木香花开了，白色成簇。关山樱上的那枝也开了，绿色花枝下垂，镶着白花，接上了樱花季。

木香花的香味，若要描述，就是更甜一点的玫瑰香味，即蜜香，用玫瑰花瓣熬的花酱，甜蜜得很。许多月季、玫瑰或蔷薇的花香要凑近了才能闻到，木香花则散发出来，在周围的空气中就能闻到，也因此有七里香、十里香之名。但无论多香多甜，其基调仍是玫瑰味，毕竟它们同属蔷薇属植物。

木香花的枝条很长，有时候一根新生枝条一长就是两三米，所以它能够到我院子外高大的樱花树。我一杭州朋友的木香花，就搭了几根枝条到围墙上，没几年，整墙的木香花。苏州西园寺的放生池边上，有一栋苏墨春晓的楼，可以抄经喝茶，我在那儿坐过，闻着花香，寻去，发现屋子侧边有一株木香花，枝条如瀑布一般。

木香花是藤本，跟蔷薇一样，但不是牵牛花那样的爬藤植物，不会主动攀附，亦不会缠绕，木香的拓展，靠的是长的枝条，太长了，又柔软，便倒向一边，其固定靠的是枝上的皮刺，虽然比蔷薇刺稀疏，但更长一些，带些弯钩，枝与枝则能互相勾结。

有人说木香花是荼蘼，这肯定不对，诸多关于荼蘼的推测考证，首先排除的就该是木香，所谓"开到荼蘼花事了"，但木香却是蔷薇属植物中开花最早的，它开完了，月月红才开，蔷薇花才见花苞，更何况荼蘼。荼蘼是二十四番花信风[1]中压轴之花，它后面是苦楝花，苦楝开花，立夏就到了。

黄木香花

我虽喜木香，遗憾它花期太短，甚至比蔷薇还短。蔷薇前前后后有时候能持续好几周，盛花期过了，还会有零散的花苞，再开上一段时间。木香花几乎同时开花，所有花苞一次性绽放，不过一周，香喷喷地开完结束，想再见，等明年。

木香花的花色品种简单，有单瓣、重瓣，黄白各两色，不过在园艺上，单瓣的木香着实少见，花市上基本没见到，黄木香也不及白木香常见。我在苏州逛平江路的时候，在一家咖啡馆的门口见过一株黄木香，正开着花，不确定是因为盆栽的缘故还是品种的问题，总之，路过，但没有闻到足够的花香。

因为偏爱木香花，一直想把这四种收齐，也有朋友愿意送我一重瓣黄木香，但眼见院子里的木香起高楼，在东篱一处呈铺天盖地之势压来，再来一株，心有余而地不足。

去年木香开花的时候，我采了一批欲放未放的花苞，用来冲茶，味道真是美好。若有闲工夫，木香也能窨茶，如同福建茉莉花茶般做法，茶与花隔层交互，互不接触，只让茶叶吸收花的香味。自己闹着玩儿的话，就直接把茶与花混了就好。

木香花也可用白糖腌渍，制作木香花糖糕，这与制作玫瑰花糖糕一样，一层糖一层花瓣，压实了，压至花瓣的汁水浸染到糖，然后整瓶在阴凉处存放，两三个月后即可食用。木香花腌渍的比玫瑰花的还更香甜，但没有玫瑰的红色。

本来计划今年做些糖糕，只是木香花开那几日都下雨，湿答答的，不适合。等着雨停吧，雨是停了，花期也结束了。唉，木香²花开的时节总是在下雨。看汪曾祺写《昆明的雨》，末了也说："木香花湿雨沉沉。"

——

注释：

①我国古代以五日为一候，三候为一个节气。每年冬去春来，从小寒到谷雨这八个节气里共有二十四候，每候都有某种花卉绽蕾开放，于是便有了"二十四番花信风"之说。

②中药材有木香，非蔷薇科蔷薇属木香，为一种菊科多年生草本植物，不是本种，也不能代用。

自己做一份红茶

一锅的金骏眉香味，
笑得我都合不拢嘴。
打开来一看，
茶叶已是湿漉漉，
随后摊开了晾干，
这一过程中茶香袭人。

红 茶

山茶目·山茶科·山茶属

　　我杭州的住处在良渚的山脚，山上有荒弃的茶园，杂草野藤蔓延，已看不到茶树的存在。荒是荒了，到了清明前，小溪的对面突然出现了一条进入茶园的小路，这在平日是看不到的。溪流的中间还垫了一块石头，踮一脚就跨过去了。我进去一看，这是茶园的旧路，有人来采茶了。

　　做茶是一门学问，门外汉采了茶去，勉强能做白茶，摊晾、烘干不算复杂的工艺，自己喝的茶，细微处也无须照顾。若是做龙井或是碧螺春，需要专门的炒锅，一般人家里没有，当然勉强可用炒菜的铁锅，就怕泡出来的茶水，上面会浮有油珠。所以，我推测还是以前的本地村民回来采的，山已荒，手艺没有荒，器具在，人也闲着，采些茶去做，自己喝足够。

山路的两侧也有茶树，稀稀拉拉有一些芽头，早被人过了一手。我手痒，采了些沧海遗珠，既不做白茶，也不做龙井，就想做红茶。红茶复杂，但其缘起不就是

因为绿茶没做完，几大麻袋茶青被当兵的当成枕头靠垫，捂了一夜，第二天发现茶叶已经完全发酵了，湿漉漉、滑腻腻，闻着却有香味，扔了怪可惜的，于是晾晒干了，又怕干不透，还担心有异味，就燃松木烘，熏上了烟味，成了正山小种。这是明末清初武夷山桐木关发明红茶的故事，真假不说，但红茶的确是这么做的。好几年前，我在江苏宜兴的一间寺庙挂单，晚上口渴，问一居士讨了杯茶，还要了一撮红茶，味也不错。居士说这是他自己做的红茶。宜兴一带的村子，以前都做绿茶，太麻烦，耗手工，一过春季，茶就卖不动了，秋冬季节连自己也不乐意喝红茶，现在全改做红茶，红茶可以放很久。居士的话不假，光看流程，做红茶最麻烦，但若不过

分讲究的话，也最容易，要是量不大，也就不需要什么工具。

我只是想试一下，看看新鲜的茶青到茶叶的变化。桐庐的朋友去年就做过，也是照着别人叙述的谱子，就做出了红茶，且不是用松木烘干，没有正山小种的烟熏味，喝着像宁德红茶，也像祁门红茶，反正就是红茶味，喝着不赖。

我采的都是芽，就采了一小撮，时间是明前，地点在西湖不远的山里，是荒野的茶树芽，看这些硬指标，顶级无疑。我把茶芽包纸里带回家，半路上时不时嗅一下，茶叶萎凋过程的香味真好闻啊。一到家，就将茶叶摊放在席子上，放在阳台上稀疏有些阳光的地方，就不再动它了。茶叶在萎凋过程中，最好不要翻动，这是茶书上的告诫，虽说我是随便玩玩，但也是当真。

放了一天，到晚上，就收了回来，茶叶已经变软，于是揉捻茶叶，就是让叶芽被挤压，表面出现褶皱。这时的茶叶虽然还带些青味，但已是浓郁的茶香味了，像是前两天走在龙井翁家山的村子里所闻到的香味。

说起来，此法跟家里以前做咸菜一模一样。芥菜先摊晾，让它失去部分水分，变软，然后揉捻。只不过做咸菜的时候，边揉捻边加盐，做茶不需要。揉捻完，接下去就是要让它发酵。用布一包，放碗里合上，再放入电饭锅，焖一晚。之所以放入电饭锅，因为刚煮完饭，锅还热着，合上可以暖一个晚上，茶叶容易发酵。

第二天早上起来，惦记着这事儿。开锅，哎呀，一锅的金骏眉香味，笑得我都合不拢嘴。打开来一看，茶叶已是湿漉漉，随后摊开了晾干。这一过程中茶香味袭人，要知道这不过是够我喝一次茶的量。要是想要做正山小种，此时得用柴火来烘干，家里只有煤气灶，就免了吧。

当天下午，我就把茶给泡了。以我喝茶十五年的经验来看，这当然不算什么好茶，但我要表达的是，那天我有金骏眉一般的心情，这是喝再多年的茶也没有的。

七窨一提茉莉香片

茉莉绽放十个小时后，逐渐失去生机，香气减弱，要换新的茉莉再窨，所以有三窨一提、五窨一提、七窨一提之说，指的是茉莉窨的次数。

茉　莉

新茶日／木学科·素馨属

那是一盆茉莉，那年我十岁未到。依稀记得是大半夜，雨下得很大，祖父从上海回乡下，一堆行李，湿漉漉的，竟然还带回来一盆花，花香四溢。天亮，在二楼窗台叠几块瓦片，把花放了上去，夏日微风来袭，凭窗闻香。那场景，显得茉莉花珍贵，而且窗台对于我来说太高，都没机会靠近，距离产生美。

说起这花，聊得最多的是，茉莉花可以泡茶，叫茉莉香片。我以为茉莉花茶，就是几片茉莉花瓣，一撮绿茶，混一下，扔到茶杯里就是了。十岁不到的农村小孩有这雅兴，作孽，二十世纪八十年代，我们还吃不饱呢，却决定了二十年后我编一本杂志的生活格调。

在上海过日子的老头子眼界开阔，"茉莉香片不是这样的，苏州的茉莉花窨碧螺春，香得来！"小时候听不懂，他也没解释，大概也是听来的。我祖父从小在上海母亲家的家族企业过日子，应该有些见识，解放后公私合营，他成为普通工人，干到退休，回乡养老。他懂得多，说得少。讲一口老上海话，什么东西都带洋字，至今不改。但一点洋气都没传染给我们孙辈。

现在我知道了茉莉花是怎么窨绿茶的，也终于知道用花窨茶，那叫香片。茉莉香片是这样做的。春季收茶，做茶，干燥存放。夏季，午后采花。午后，是因为茉莉在白天吸收阳光，在晚间盛开，这个时间段采花最适合，含苞待放。然后一层茉莉一层茶，隔层摊放在同一空间，茶与花不直接接触。晚间，茉莉吐香，茶叶吸香。茉莉绽放十个小时后，逐渐失去生机，香气减弱，要换新的茉莉再窨，所以有三窨一提、五窨一提、七窨一提之说，指的是茉莉窨的次数。窨也可理解为熏，是气息的交流。窨后，不仅茶有茉莉香，茉莉花也隐隐有茶香。但无论如何，茉莉花茶是纯绿茶，一杯上等的茉莉花茶里是看不到一片白色花瓣的。

清代，苏州的茉莉花茶就已出名，所窨茉莉花茶大部分送往京城。至今，北方人爱喝茉莉香片，爱喝有花香的茶，是被历史浸淫的。现在更为有名的茉莉花茶产地则是福州，跟苏州一样历史悠久。事实上，福州比苏州更适合茉莉的生长。

　　茉莉原产地不在中国，印度、伊朗及波斯湾地区才是它的原生地。传入中国后也主要在南方种植。《本草纲目》关于茉莉的一段写得特别清楚，言简意赅："原出波斯，移植南海，今滇广人栽莳之，其性畏寒，弱茎繁枝，绿叶团尖，初夏开小白花……其花皆夜开，芳香可爱。"李时珍说了，茉莉畏寒。茉莉在南方是四季常绿的灌木甚至藤本，到了苏州，只是多年生落叶小灌木了。福州比苏州南方许多，更适合茉莉生长。现在，最大的茉莉花基地则在广西的横县，更南方了。年前，我在越南芽庄闲逛的时候，见一户人家院子里有一株茉莉，攀上了围墙，肆意扩张，布满了一墙，看着白花，远望去我还以为是一墙白色的木香花，真是大开眼界。

我祖父的那盆茉莉花，过了夏季好像就不再开花，秋季落叶，到了冬天遇冰雪，枝丫枯萎，以为死了，莫不伤心。那时候没有"植物星球"这样的地方可以咨询。其实茉莉遇冻，地上部分枯萎后，来年还能从基部抽出新枝来，遇到阳光，依旧能抽枝散叶开花。

夏日么么洛神茶

洛神花的花青素具有很强的清除
自由基的能力，
其抗氧化能力足以和蓝莓抗衡，
但蓝莓一年一季，
洛神花晒成干茶，
一年四季。

洛神花

锦葵目 / 锦葵科 / 木槿属

　　抵达万隆的时候，在当地的旅游简介上看到一家法国人经营的有机农庄，出产桑叶茶。便叫了一辆嘟嘟车过去。司机开价差不多人民币一百元，吓了我一跳，以为有多远，结果国内出租车的起步路程就到了。要不是他允许我中途停下吃饭，边吃边看了半个小时《老友记》，我一定会很不开心。

　　旱季的农庄荒芜，让我沮丧。桑树已剪枝，留下光秃秃的树桩，偶有新抽的嫩枝，开着白色絮状的桑花。农庄零散长了一些果树，木瓜树结着丰满的木瓜，性感但不稀奇，热带地区走到哪儿都有。见到一株杨桃树，杨桃成熟，微红，落了一地，等着烂掉。大概当地人不喜欢吃，或者品种不好，没人采摘。我以为不会有别的收获，却撞上正在晾晒的洛神

花。想到刚在万隆入住酒店的时候，服务员就殷勤地递上一杯鲜红的冰水，红得不敢喝，但是太好喝了，入口酸甜，告知是洛神花茶，顿时感觉喝一杯水补一杯血，养出了容颜。

在农庄遇到洛神花是意外。逛完一圈也没见到洛神花田，原来是收割已经结束。倒是晾晒洛神花的空地石头缝里还长着一株洛神花，没人收，老到花萼裂开，露出了种子。一位老挝阿姨把洛神花收了，搬入了仓库。我问她怎么购买，她除了笑不知道该如何与我对话。

农庄经营有一家咖啡店，进去一看，有农产品销售，余下只有洛神花。我想买上二三十斤也不过分吧，但判断了一下体积，犹豫着说买五公斤。这松松垮垮的洛神花，不能紧压，五公斤已经巨大一包。待服务员在一边捣鼓，等得尴尬，便又点了杯洛神花茶，开水一冲，血红一杯。

洛神花的花青素渗透很快，遇水就渗

Hibiscus sabdariffa Linn.

洛

神

出，瞬间满杯通红。不了解的人总怀疑是加了色素。其实洛神花本身就是天然食用色素的主要来源。想想几年前的苏丹红事件，感慨世间已有洛神花，何苦再用苏丹红。有意思的是，北非的确有一种茶叫"苏丹茶"，那倒是用洛神花萼泡的茶，两件事摆一起，真是有趣极了。

洛神花的花青素具有很强的清除自由基的能力，其抗氧化能力足以和蓝莓抗衡，但蓝莓一年一季，洛神花晒成干茶，一年四季。所谓氧化，也就是老化，人体在氧化过程中会释放自由基，这是一种活泼的有害物质，查一下资料就会发现它有多可怕，能破坏细胞、DNA、RNA 和蛋白质的结构，使体内细胞、组织、器脏的功能降低，而且还不能被再修复，花青素干的活就是直接把自由基给清除了。自由基都清除了，离长生不老也就很近了。道士修一辈，不如洛神花一杯。

当然这样的果蔬很多，比如前面提到的蓝莓，还有葡萄（皮）、桑葚、红甜菜等。很多人都知道喝葡萄酒，抗氧化、预防心血管疾病。世传有个"法兰西怪事"，就是为什么法国人食用高饱和脂肪酸，却很少患冠心病。现在你我应该都知道了吧。不过有一点要说清楚，虽说是洛神花茶，这红色的几瓣可不是花瓣，而是肉质多汁的花萼。洛神花是锦葵科的植物，开花同单瓣的木槿，开一天就萎了。

离开农庄，走在老挝万隆的城乡，像是回到八九十年代的中国乡镇，突然想起了那时墙上涂满的三株口服液以及红桃 K 生血剂的广告，其实这红桃 K 就是洛神花。至于它怎么补血，用现在的广告语来说也就是——恢复年轻态。

鲁迅家的紫云英

我们割下一捆捆草子，
塞满箩筐背回家，
撂猪圈里，
用现在的说法，
是给猪补充维生素C和蛋白质，
如此说法，
显得温情一些。

紫云英

在绍兴，我们叫它草子花，知道它有如此好听的名字——紫云英，是后来的事情。联想到薰衣草田，那是因为在得巴黎综合征前，很多人都先染上了法兰西狂想症，有病。

草子是喂猪的。冬春，没什么新鲜的草料，我们带着茅刀下地。春寒料峭，冻杀年少。大地荒芜，仅有麦芽、草子。回望白家村子，就是鲁迅笔下的故乡，"苍黄的大底下，远近横着几个萧索的荒村，没有一些活气"。我们割下一捆捆草子，塞满箩筐背回家，撂猪圈里，用现在的说法，是给猪补充维生素 C 和蛋白质，如此说法，显得温情一些。

割过的草子地还会再长，到了春天依旧开出紫花。然后进入盛花期，转眼，花田就没了，被农民一锄一锄翻入地下。

那是每年都会有的遗憾。现在的城里人见了，肯定也会感叹，这么好看的花田，就这样犁了，中国的农民啊，不懂得美，你看人家法国……

其实在我们那儿种草子，目的跟赏花没有半毛钱关系，花没别的经济价值，草也不单是喂猪，而是为了肥田，且历史悠久。我以前总以为这类事情，要赛先生进来了以后，科学了才会发生，但是从明朝开始，江南一带的农村就在冬闲的地里播种草子，用来肥田固氮。很多时候科学只是一套语言。

"紫云英固氮能力强，氮素利用效率也高，株体腐解时对土壤氮素的激发量很大，因而在等氮量条件下对后作的增产效果比苕子、蚕豆等绿肥作物强，在我国南方农田生态系统中维持农田氮循环有着重要的意义。"这段话当然不是明朝的话，而是现代的百科资料，这个说法稍有错误。紫云英、苕子、蚕豆等都是豆科植物，我们常说豆科植物能固氮，严格来说豆科植物不能固氮，是寄生在某些豆科植物根上的根瘤菌有固氮的能力。

固氮是什么？简单来说就是把空气中的无机氮转化成有机氮，成为土壤肥力。除了豆科植物之外，也有别的科属的植物能与某些固氮菌共生，如沙棘，它在荒漠地带除了固沙，

紫
云
英

还参与固氮，可见沙棘是多么重要的植物。

　　很多人接触到草子，大概是"紫云英蜜"，春季蜂蜜的主流品种，也有叫红花草蜜或草子蜜。这的确是一个大宗蜂蜜，紫云英开花的时候，油菜花还没开呢，而油菜花开败以后，若保留草子地，紫云英还在开花。

初夏之香

玳玳其实是一种酸橙，
或者说是酸橙的变种，
皮厚而糙，
肉少，
当作水果是不行的，
但果皮却是可以泡茶，
我在浙南山区的畲族人家喝过。

玳玳花

芸香科 · 柑橘属 · 玳玳花种

初夏，没有比玳玳更香的花了。我院子里有好几种开花极香的花，暮春的木香、含笑，初夏的玳玳，盛夏的栀子和茉莉，秋日的银桂，还有一个春夏秋都有花儿的白兰，都能香一个院子，有意思的是，它们都是白色花。有一种说法是，鲜艳的花儿是用花色来吸引昆虫授粉，没有花色的花只能靠气味。这跟人一样，因为貌美而受欣赏，或有一副好嗓性感迷人。我的玳玳是在一个路边小摊那儿买的。

我曾在上海的市里开过一间茶店。因为店里需要一些花草点缀，上班路上遇到花卉就会购买。上海的马路边除了挑担卖一些特殊水果的，也有卖花的，不是鲜切花，而是盆栽。那时候，我常遇一位中年阿姨，有时候在永嘉路碰到，有时候在岳阳路，偶尔在襄阳路，反正她总在那一带溜达，那儿马路窄，社区老，幽静，车少，城管也少。我在她那儿买过一盆剑兰、一盆墨兰，好几种薄荷和迷迭香，都养得挺好。还买过一盆灵芝，盼望着长大，放家里一段时间后就被虫蛀了。买过玳玳，养到现在。跟她熟络了，后来买了房子、有了院子，还问她买过一些花草，多远她都能送过来。我仔细替她算过，这生意还真没什么赚头，要是遇到爱花的城管，恐怕好几天的生意都得白跑。想要让城管管不着，摊位就得一直流动，担子一直在肩膀上不落地。

玳玳好养，我搬过一盆放在杂志社，开花的时候实在太香了，编辑们时不时去闻，慢慢也就喜欢上花草，也会热心去浇水。几年后，盆不够大了，也结不住果，就拿回家种到了院子的地里，当年就疯了一样长，也终于结上了果子。

玳玳之名本来有代代的意思，它年年开花结果。第一年的果子青色，就乒乓球这么大，长不熟，第二年有新结的果子，

玳
玳
花

但旧年的果还在，熟了，变黄变大一些，第三年仍开花结果，前年的果黄熟，比拳头还大，此时树上有了三代果，青的黄的，小的大的，有时候还可以有四代，所以名玳玳果。代换用玳字，美好，玳乃玳瑁，黄褐色，打磨光滑，如玉。不过，去年遭遇一场寒潮，三代果子尽数落去，一个不剩。好在暮春的风一吹，花又开了，依旧香，能醒春困。

玳玳其实是一种酸橙，或者说是酸橙的变种，皮厚而糙，肉少，当作水果是不行的，但果皮却是可以泡茶，我在浙南山区的畲族人家喝过。玳玳这种果树山里野生的多，畲家房前院后都有。我进他们家门，泡一杯绿茶，然后去房前摘一个玳玳果，切几片果皮到杯子里，绿茶即别有风味。

玳玳在国内实没多少用途，多闻香观果。酸橙倒是有些用途，比如黄皮酸橙，用来制作中药枳实及枳壳。酸橙在异国他乡，更是大展宏图。比如著名的科隆水，它的基础香就来自酸橙花的精油（Neroli）。在国际上直接叫橙花，在蒸馏橙花油的过程中还产生一种芳香怡人的橙花水，非常有名。

玳玳或酸橙一类在西方一般都被叫苦橙，意思就是这东西不好吃，没法吃。但酸橙并非西方原产，一般说法是十三世纪的时候由阿拉伯商人从中国引入欧洲。这种在东方并没有太多用途的植物，到了欧洲广受植物学家好评，经过杂交选育（有一种说法，西方的苦橙其实就是中国玳玳，它们在植物形态上的一些差异，就像是橘生淮南则为橘，橘生淮北则为枳一样），到了十七世纪已被地中海北岸几个国家广泛使用，在西班牙、法国、意大利的草药学和芳香疗法中被广泛使用，比如当杀菌水，当然现在听起来有些奢侈，因为橙花精油并不便宜，现在更多地是用在美容品和香水中。

另外，在一些法国产的香水和化妆品中，看成分或配方，常有一个词"petit grain"，不要误以为是小谷粒，这其实是指橙叶精油，是从酸橙初发芽的嫩叶中蒸馏的。橙芽小如谷粒，所以名"petit grain"。

橙叶提取的精油多用于男性香水，而橙花水好像更多地用在女性香水中，有兴趣的可以自己去百货大楼的香水柜台一种一种试用过来看看。

颜如舜华

我第一次吃木槿花，
是在朋友开的素食餐厅，
一道木槿花煮豆腐，
软滑的花与豆腐，
一样的鲜嫩质感，
太好吃了。

木 槿

早春，见乡下邻家菜园的外围被清理干净，插了几排槿柳枝。原本稀疏凌乱的竹篱笆，会缠些豇豆或是搭上西红柿秧，夏日里，能有不少收成。但主人大概是怕鸡犬打架弄塌架子，改了槿柳，一劳永逸。这种江南传统的篱笆，建一个很容易。看谁家修剪篱笆的时候，把那些剪下来的枝条收集过来，理成十几厘米的杆子，插地，不久就能生根，容易成活。待枝条及腰，也不过一个春季。

槿柳是我老家绍兴一带的叫法，或也叫槿棘柳，这是读音，文字是我猜的。苏州乡下也有槿柳篱笆，当地人叫槿条。很长一段时间，我不知道这常见植物的正式名字。居住到城里以后，也很少再见到。城市的绿篱多用珊瑚树，一种又叫法国冬青的植物，枝条挺直，叶子油亮，终年苍翠，几乎成为绿篱标准。在上海的老城区，特别是以前的法租界，路边是高大的法桐为行道树，老洋房的隔离则是法国冬青。槿柳则因为开花漂亮，孤植或丛植，不再是篱笆墙的待遇，爽朗多了。

有一年临近七月初七，我编辑的刊物讨论选题，论及七夕的习俗。突然想起来绍兴好像有用槿柳叶洗头的习俗。查阅了地方志，果真如此，才知这槿柳的正式名字是木槿。七夕用槿柳叶洗头的习俗由来很久，是为纪念西施，故事的细节不在此赘述，猜猜也知道，就是说西施不仅在溪边浣纱，偶尔也在溪边洗头。

用槿柳叶洗头的确有效，道理也很简单，因为叶子富含皂甙，能去垢。在绍兴农村，不仅在七夕用它洗头，节俭的人家，日常洗头都是在篱笆上抓一把叶子，揉捻出汁水，当

Hibiscus syriacus Linn.

木
槿

洗发水用。当然清洗效果一般，但药用效果更重要。药书上说，木槿的枝叶茎皮入药可治疗皮肤癣疮，所以，用来洗头，也许可以预防瘌痢头。

我小时候洗过，特别是夏季，因为贪玩，没有一日人是干净的，要么全身是泥，要么总是湿漉漉的，免不了起痱子，皮肤磕碰溃疡，就用木槿叶子揉汁洗头，洗的时候完全没有现在洗发水的柔顺感，有无效果，过去那么久也记不得了。

木槿之所以在很多地方被称为槿柳或槿条，是因为其枝条柔韧，如结香一样，可打结而不折断，用枝条编织，可形成密实的绿篱。在菜地外围种植，彻底断了鸡鸭鹅犬进地搞破坏的念头，篱障花这种说法，就是这么来的。以木槿为篱，比珊瑚树好太多，一到夏季，绿篱变花篱。虽然木槿花朝开暮落，一朵花只有一天的命，却前仆后继，日日不绝，生机勃勃，也因此韩国人叫它无穷花，尊为国花。

木槿花漂亮，《诗经》就形容漂亮的女

孩子"颜如舜华"，这"舜"就是木槿，脸蛋儿如木槿花般漂亮，简直秀色可餐。的确，槿花能吃。我第一次吃木槿花，是在朋友开的素食餐厅，一道木槿花煮豆腐，软滑的花与豆腐，一样的鲜嫩质感，太好吃了。随后买了风干的木槿花，包装上写有菜谱，介绍说可煮粥，也可煎炸炒菜。但自己照着菜谱做，无论如何都不及饭馆的好吃。只有一个谱子，既容易，又不会失水准，就是把木槿花和稀面，撒些葱花，下油锅煎炸，实在香脆极了。

死不了的牡丹

马齿苋实在算不上什么美味，也不是很难吃，一般也就是凉拌或是腌渍成泡菜那样，吃起来有一点点酸，或加些蒜粒清炒也不错，有些素食餐厅有这道菜。

马齿牡丹

虎耳草目 / 马齿苋科 / 马齿苋属

太阳花真是死不了。清晨，看到几只麻雀在花盆里乱啄，甩了一根枝条在地上，我懒得去捡。中午，炙热的阳光一晒，花枝的一头竟然微微昂起来，开出一朵花来，这样才叫它太阳花吧。它总是在有太阳的时候开花，傍晚花瓣就合上了，即使正中午，只要天一阴沉，花骨朵儿也会黏合起来。那根残留的枝条能生存好几天，枝条上的花苞仍会发育，只要有阳光，还是会开花，直到养料耗完为止。

太阳花的正式名字叫大花马齿苋，就是因为它开花比马齿苋大，取名很直接。马齿苋是一种杂草，叶如马齿，乡下的菜园、田埂、石板缝隙里常有，很难被清理干净，它生命力强，匍匐生长，扎根蔓延。

有些地方用马齿苋做菜，我妈听了这样的事，说那是最穷最穷的人家才吃的。我大笑。这话现在成为家里评价野菜的时髦用语。有一次我买了番薯叶子回来做菜，她就说了同样的话，还叹着：唉，饲猪的东西现在都拿来当菜吃，还要掏钱买。她心里特别不舒服，拉扯孩子们长大，供读书，有好的工作，会赚钱，就是希望至少可以吃得好一点，结果，这些以前从来不逛菜场只知道读书的孩子，一上市场就买了一把喂猪的草来。那是以前辛苦赚钱想要极力回避的事情，就算真想吃，还不能让外人看到。

我倒是不介意，以往人吃剩下的，拌了米糠喂猪，现在，猪吃的，人也尝尝。而且那句"最穷最穷的人家才吃"的话还不能乱讲，要知道往南方去，很多人家盆栽马齿苋，就跟种九层塔或金不换一样，是日常蔬菜。金不换调味，烧鱼炒

马齿牡丹

蛤蜊都要用。马齿苋很能长，偶尔剪一把，是清炒的时蔬，跟人家穷不穷没关系。

马齿苋实在算不上什么美味，也不是很难吃，一般也就是凉拌或是腌制成泡菜那样，吃起来有一点点酸，或加些蒜粒清炒也不错，有些素食餐厅有这道菜。我在一家提倡健康饮食的餐厅见过马齿苋，拿它和洋葱、番茄一起烹饪，并在设计精美的菜单上写：马齿苋的滋养作用，可以让皮肤散发健康光泽。用来吸引那些热爱健康美食的姑娘们。

马齿苋在夏季开黄色的小花，非常普通，不是很漂亮。但大花马齿苋就漂亮了，完全改头换面，所以它在园艺上的艺名为松叶牡丹，因为叶子比马齿苋细，但没有松针那么细长，花像牡丹，迷你的牡丹，档次一下就提升了。

我以前种的太阳花开单瓣，有紫红色和明亮的黄色，后来见别家院子有重瓣的大红，顺手摘了一截，"花开堪折直须折"，更何况我不是"无花空折枝"，折回家就种上了，生根、开花、结籽。这方面我行为有些许不端，但心性善良，从未让植物受难。

太阳花还有白色、粉红色等，我也没收齐。其实现在的花坛里挺多的，只不过往往不是松叶牡丹，而是另外一种叫马齿牡丹的植物，也就是说叶子不是松叶状，依旧是马齿苋

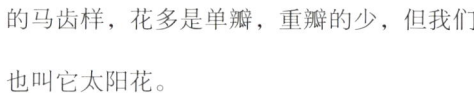

的马齿样，花多是单瓣，重瓣的少，但我们也叫它太阳花。

马齿牡丹是松叶牡丹和马齿苋的杂交，继承了两者的优点。花是迷你的牡丹，不是马齿苋不起眼的黄色小花，茎叶也不是松叶牡丹孱弱的枝条，而是继承了马齿苋强壮的匍匐性茎，因而比松叶牡丹更适合铺地绿化。

很多花因为外面花坛用的多了，家里就不会再养。"到处都是了，自己还养米作甚"，有人会这么说，也有道理。但家里要是种吊盆，无论马齿牡丹还是松叶牡丹都是不错的选择，选几个颜色混种一盆，长好了顺着盆沿挂出一些枝条来。这花，忘记了浇水也不担心，一到夏天，随着阳光开满了花，你就没见过这么乖的花草。

取李夫人玉簪子搔头

玉簪可被种植在很多光线不佳的地方，
树下或是灌木丛下，
玉簪有肥大的叶子，
可以挡住裸露的泥土。

玉　簪

玉念玉　有念玉　玉念玉

"武帝过李夫人，就取玉簪搔头。自此后宫人搔头皆用玉，玉价倍贵焉。"这是《西京杂记》里的一个故事，说得不够明白，借用贾平凹在小说《废都》里的风格填补，故事才略显完整，修改如下：

"武帝过李夫人，就取玉簪搔头。⋯⋯⋯⋯自此后宫人搔头皆用玉，玉价倍贵焉。"

玉簪就是玉做的簪，簪是用来绾头发的首饰。武帝去李夫人那儿，突然头痒，取李夫人头上的玉簪搔头，李夫人一头秀发瞬间散落，武帝见之□□□□（此处删除120字），此事传出，羡煞宫中佳丽。自此，后宫人都改用玉簪，一时长安玉贵。这似乎是说玉簪子更适合挠头，甚至还可让武帝性起，而金银簪子则无此效果。显然不是吧，只是碰巧罢了。那天要是李夫人头上的是银簪子，武帝也一样会取来挠头，李夫人照样秀发散落，武帝还是会性起。后宫寂寞，渴望被宠幸，每个人都想获取一丝可能的线索，抓住一丝可能的希望，更何况此时这个希望听起来好像只是一个玉簪子的距离。

秀发散落的瞬间的确是女性最为动人的一刻，我们现在看电视广告，特别是洗发水广告，这样的镜头常用，只是在生活中，要像武帝和李夫人那自然的瞬间一幕，颇为难得，一做作就变成了搔首弄姿。

古人的头发长，盘起来，用簪，也就是一头尖一头有装饰的针插入发髻固定。簪可以是各种材质，流传较多的是金银簪子，尖的一头都差不多，装饰的一头则各异。完整的古玉簪不多见，大概玉簪易碎，传承不易。幸而玉簪有花，名玉簪花，因为花白如玉，花苞似簪而得名。反过来推理玉簪花花苞的样子应该就是古代玉簪的样子，说明玉簪子在古代有较为固定或经典的样式，是一头大一头小的锥子形。只是我们现在能看到的近现代的玉簪子，少有这样简洁的形，多镂空雕刻龙飞凤舞。

不过，玉簪花苞其实并没有像簪子那样长，它更像是一个簪子头。有一种簪子，就是将玉簪头嵌在金银针上组成一

Hosta plantaginea (Lam.) Aschers.

玉

簪

个完整的簪子。作为花的玉簪盛开了以后，就呈筒状漏斗形了，一根花茎上能开十几朵花，先后可持续一个月时间，成片种植的时候非常漂亮。

我特别喜欢玉簪花，倒不是为了吸引武帝，我虽姓李也并非夫人。我喜欢玉簪是因为玉簪喜阴湿环境，又不耐日光直射，如此，它可被种植在很多光线不佳的地方，树下或是灌木丛下，玉簪有肥大的叶子，可以挡住裸露的泥土。在墙脚或是北面没有阳光的地方，原本只能种植麦冬之类，间种一些玉簪来搭配也是不错的。而且玉簪叶子除了绿色，还有一种偏蓝色泽的，非常梦幻。另外黄白绿杂色的花叶品种也不少，甚至有全白色叶子的品种，不同叶色的玉簪搭配也是园艺中常用的种法。

有一点遗憾让人搔头，玉簪入冬后，地上部分会枯萎，大叶子就消失了，种玉簪的地方看上去就像荒地一般。所以，间种一些什么花好呢，可以让冬天也不那么荒凉，这就是玉簪的恼人之处。在它的生长季，植株迅速膨胀，叶子霸占了大空间，以至于比它低矮的植物都无法生长，苔藓都不行，一入冬它又把空间释放出来。只有那些冬季生长，夏日休眠的植物可与之互补。我试着种过石蒜，那种花叶不相见的类似彼岸花之类的花中，有一系是秋天开始长叶，直到春天，

夏季叶枯，然后开花。此与玉簪稍有些互补，但仍有互相拥挤之时。好在石蒜也不怎么需要阳光，特别是野生品种，习性与玉簪很像。

玉簪花也并非只有白色一色，另有紫色花系列，品种也不少，其中有一种名叫紫萼，花色就像紫色渗入白色之中，与之对应，白色的玉簪也叫白萼。大概紫萼更易种植，现在反而更为常见一些。

日本则把玉簪叫拟宝珠，就像我们因为它似玉簪子而名玉簪一样，拟宝珠是日本桥上栏杆的装饰物，玉簪的花苞与之相似而名。日本是世界上大部分玉簪品种的原生地，山阴林下常见野生种，日本人也吃玉簪，把它作为山野菜，就像我们在春天挖荠菜马兰头一样，他们也采挖玉簪，即山菜狩，取叶芽初长还未完全展开的茎叶，如笋头一样，然后开水里一余，可以凉拌或蘸酱吃，也可以炸天妇罗吃，连花也可以吃，同样是凉拌或是拌醋吃。

若对玉簪不够熟悉，就别尝试着去采摘此类野菜尝鲜，有一种藜芦属叫梅蕙草的植物，生长环境与玉簪类似，花开穗状，未开花的时候，植株叶片酷似玉簪，其根茎部分却是有毒的。日本人年年春日以玉簪为山野菜偷鲜，误食而中毒事件依旧常有。

这两千年来，我们一直以玉簪子搔头，东洋风没有西渐，竟没想到去吃玉簪，也真是意外。

在越南吃一个完整的朝鲜蓟

朝鲜蓟，
我在上海的超市买过，
照着谱子做菜，
去头、切半、涂奶油、进烤箱，
然后一片一片吃，
越靠近里面的部位越嫩，
但没什么特别的味道。

洋 蓟

蓟目·蓟科·菜蓟属

一早从西贡去堤岸，是文艺心泛滥。去找杜拉斯的《情人》，满脑子却都是陈英雄的《三轮车夫》和《青木瓜滋味》的电影片段。事实则是不停地拜庙，出了福建人的三山会馆，进广州人的穗城会馆，然后是天后宫，中途还遇到一位金门籍老爷子，热情邀请我们去他在的那家会馆拜拜，保佑平安。

堤岸是华人聚集区，通行华语。杜拉斯年轻时候的越南，堤岸还只是堤岸，西贡更不叫胡志明。现在西贡是胡志明市一区，堤岸则是六区。

我们一路拜庙，中途饿了，还吃了碗越南米粉，走着有力，然后一个拐弯，一抬头，看到了"中源鸡饭"。虽然刚吃过，还是要穿过马路去看看。这家鸡饭店，有些场面，在

十字路口有一个门面和招牌，拐过来还有。就像是一个小店，因为生意特别兴隆，然后就吃下了隔壁，再然后又拿下一个隔壁。果不其然，店里生意爆棚。它可不仅是鸡饭啊。还有各种小瓦罐蒸菜，直接拿瓦罐在火上烤着，或隔水蒸着，鱼、肉、蔬菜都有，热气腾腾，诱人，忍不住了，说再吃一餐吧，那就再吃一餐。

这里也是看着菜点，有一大缸，打开来，冒着水汽，里面蒸着各种菜。见到一种奇怪的，问这是什么东西蒸肉，店员说百合花，怎么看都不像啊。就点了，忽然醒悟过来，应该是白荷花吧。荷花、青木瓜之类，是越南符号般的植物，在陈英雄的电影里也是常常出现。

端上来了，哦哟，好吃，但这也不是白荷花呀。样子是荷花的样子，那花瓣一样的苞片，也不能吃，纤维太粗，只有靠近茎的那部分有些嫩，尚能吃一些。仅是给肉调味的吧，

洋
蓟

心想。吃着吃着就想起来，这不是朝鲜蓟吗，他们是把最柔软的心挖走了。

朝鲜蓟有法国百合、荷花百合之名，那餐馆的小伙说得没错，我听成什么也都是对的。这种法国人才爱吃的东西，我在上海的超市买过，图新奇，照着谱子做菜，去头、切半、涂奶油、进烤箱，然后一片一片吃，越靠近里面的部位越嫩，这部分其实就是花蕾，但没什么特别的味道，不算好吃。我的疑问是，能吃的东西那么多，为什么把朝鲜蓟当食物。但是，法餐中常见，法国人又特喜欢，他们人到哪儿，哪儿就有种植。上海也有，十九世纪就在郊县种植，供应法租界。作为法国殖民地的越南就更不用说了。

为什么叫朝鲜蓟呢？这个问题困扰我好久，始终没有得到解决。最初还以为是原生朝鲜的植物，还真不是，与朝鲜一丁点儿关系都没有。有人推测，可能跟此物传播东洋的路线有关，陆路从朝鲜至日本，日本人最先接触，误以为是朝鲜的植物，取名朝鲜蓟。此说要是成立，朝鲜蓟还算是个日本名。事实上朝鲜蓟很难在朝鲜种植，它更适合南方。像上海这样的地方种朝鲜蓟，越冬尚且需要防冻，而越南是最适合不过了。

我怀疑早期华人在越南开拓农庄种植朝鲜蓟，采收了，挖走最嫩的花蕾部分供应法式餐馆，或是做罐头。外层太老，扔了又可惜，晾干了做成中餐的汤料，这符合华人的作为。"中源鸡饭"蒸菜用的朝鲜蓟，真的只是调味，突然想起来，三山会馆隔壁的药材铺，就卖干的朝鲜蓟，且都是去了花蕾的。

在"中源鸡饭"吃完又逛了一下热闹的华人市集，很多简陋的凉茶铺子，不像西贡，满街都是咖啡馆，这里不要说没有咖啡馆，连找个歇脚的地方都没有，所有人都在忙碌。深刻认识到，华人真的只知道赚钱，得空拜庙，保佑平安还要兼发财。

那天很巧。晚餐时间突然提出要不要吃法餐，理由是有着法国殖民历史的越南，一定会有不错的法式餐馆，一搜，搜出一家西贡排名第一的法餐馆，在西贡河对岸东北向的郊区，非常远，但还是义无反顾地打车过去。

这家餐厅开在一间新式洋房里，有花园，有泳池。我们坐在泳池边的一桌。然后，毫无征兆，吃到了一种软如奶酪的东西，猜不透，再看菜单，竟然就是朝鲜蓟，是它最柔软的那部分。

哆拉叽根儿

要做辣桔梗的时候，
就取来泡水一天一夜，
然后拌上泡菜酱就成了，
简单得只需要动手就可以了。

桔 梗

每次去北方，我总惦记着要找家东北饭馆，点一碟"哆拉叽根儿"，种种原因，没有一次如愿。有一次在北京，到一家苹果园社区的私房菜馆吃饭，东北人开的馆子，结果酒一多，断片了，还哪来的哆拉叽根儿。

"哆拉叽"是朝鲜语发音，其实就是桔梗。常逛花店的，知道桔梗是一种切花，铃铛一样的花儿，紫色，漂亮；学中医的知道桔梗是一味中药，常用，止咳祛痰；东北人认识桔梗则多半是一种泡菜，用桔梗根腌渍，是朝鲜族人常做的美食，所以汉人也跟着叫"哆拉叽"。

我既学中医，又搞花卉，常接触桔梗。早听东北人说过"哆拉叽根儿"，就是辣桔梗根，是早餐小食，也是下酒小菜。没吃过，觉得不完整，但不强求，欲有偶然机会尝一下，一直没偶然着。

桔梗"哆拉叽"在朝鲜族民间传说中是一个姑娘，故事有好几个版本，如同很多中国民间传说，涉及女孩子，一定是纯洁、坚贞、痴傻、等待，最后变成了花儿，桔梗就是这样的姑娘。版本很多，都太雷同，在此省略。

值得了解的是日本的桔梗，虽说视觉上仍像是一个姑娘，实际更像是巫女打扮，五官精巧，瓜子脸，柔顺的姬发式发型乌黑亮丽，穿着巫女服，背着弓箭，斩妖除魔，济世救人。这位桔梗出现在日本著名漫画家高桥留美子的长篇漫画《犬夜叉》中，故事太长了，连载了十二年，有五十六册，内容涉及人类、妖怪、巫术、鬼术、灵魂等，远远超出了我能认识的次元，即使酒后入仙亦无法追及。在此也只能省略。两个故事一个过于庸俗，一个维度太高。在我看来，唯有庭前赏花，檐下美食，往来觥筹，才是恰到好处。所以这个桔梗还是要落为美食。

我第一次见桔梗是在上海的延安中路，那儿有一大片绿地，其中有一小块地是草药园，我是在那儿见的桔梗，夏季，正开花，很美。也见过药房的桔梗根，淡黄色，切了片，跟其他根茎类药材没啥区别。

Platycodon grandiflorus (Jacq.) A. DC.

桔

梗

前两天见着网上有人做桔梗泡菜，雪白的桔梗根，顺着茎，撕成条，晒干了存着。要做辣桔梗的时候，就取来泡水一天一夜，然后拌上泡菜酱就成了，简单得只需要动手就可以了。索性自己做喽。于是找泡菜酱，找桔梗丝。最后发现，卖泡菜酱的店里，除了有泡菜和泡菜酱，总是有桔梗泡菜的。索性就买了吃吧。

两天后，"哆拉叽根儿"到了。早餐蒸了酒糟白馒头，这几天一直吃这种馒头，有点上瘾了。一小碟根儿，脆、辣、爽，一半是真好吃，一半是念叨出来的。下酒，可惜这些天，能觥筹往来的都和诗一样在远方。

卡孜玫瑰谷

当地人路过，
也会摘了尝尝这种野果，
但也不多吃，
大概是因为吃的是果皮，
而果皮内有绒毛，
虽不扎人，
多少会影响到舌头和嘴唇。

玫　瑰

　　本不知道卡孜的山谷会有野玫瑰群，我们是去看一尊立佛，断指的莲花生大师。卡孜是大译师仁钦桑布父亲的家。据说仁钦桑布为其父亲建了一座庙，这是传统，儿子成为喇嘛，有成就，就要为父亲建一寺庙。当然这是一千多年前的事了，泥沙滚滚，早已湮没。又太偏僻，紧挨着印控区，交通极为不便，几年前才有考古发现。

　　从札达县城出发，车开了三个多小时，翻山，过高原，过边境检查站，再翻山，过高原，远处本来高耸的土林都已在脚下，就知道我们已经爬得有多高，然后抵达一个毫无生机的村子，就再无路往前。余下的路只能步行，一直沿着峡谷边的山坡走。本来说可以骑马进去，但村子无人，已成为一个临时的季节性放牧点，租不到马，也没有牦牛。其实真要骑马，也怕一不小心翻落，滚进峡谷。还是步行来得更为可靠，脚踏实地。

峡谷里尽是红柳，非常漂亮，同一个时节，有着红、黄、绿、橙、青的不同颜色。陪同的考古人员达珍说，红柳生命力顽强，以前县里修路，沿途绿化，铲了红柳种胡杨，春夏下了点雨水，没见胡杨完全成活，红柳又生长出来。狮泉河一带修路搞绿化，用了当地河谷里的泥沙，浇了几趟水，泥沙中带的红柳种子即发芽长出苗来。

我们从海拔四千多米的高原迂回前行。达珍说，她两小时就可以走完这段山路，但以我们的体力，大概三个小时都不一定能到。我们越过一座座山坡，整个路程被拉得极其漫长。一路又无聊，见了几次长在乱石荒坡上的藏麻黄，拍拍照，再见就寡然了，剩下只能期待漫山的鹅卵石中，会有一两块化石进入眼帘，这一带有很多海底生物化石，结果很是失望。倒有几次见峡谷对面几近垂直的陡坡上，有岩羊活动，让人称奇。

直到过了一座挂着经幡的垭口，才知起先的路程是迂回着一路攀爬，越爬越高，而余下的路开始直冲往下，简单粗暴，直教人满心欢喜。下坡不久就发现了一株结着红色果实的植物，毫无疑问是蔷薇属植物。我知道西藏能见到几种蔷薇，如西藏蔷薇、扁刺峨眉蔷薇等。但西藏蔷薇矮小，多在林下生长，眼前的这株蔷薇植物足有两米高，丛生在乱石上。该植株的枝干有刺，很长，不是那种很大的红色扁刺，红色大扁刺是扁刺峨眉蔷薇的特征。另外，这株植物密刺，小叶五片，偶有七片，倒像是野生玫瑰。但是秋季不是蔷薇花季，少一项判断依据，不好确定。

青藏地区还有一种蔷薇，我曾查阅过中亚的蔷薇属品种，了解过，似乎更为接近叫藏边蔷薇，高可达两米，枝干有一厘米长的刺，基本特征与我所见的蔷薇吻合。所谓藏边，大概就是西藏边境的意思。藏边蔷薇分布在印度北部、克什米尔地区、阿富汗、中亚以及西藏。

卡孜离印度北部边境不远，离克什米尔也近，这一带正

是藏边蔷薇的核心产区，生于山坡或河谷，果实大小也能对应上，是直径一厘米以上的大果，亮红色。整个河谷都是这类特征的蔷薇，只是地表岩石和土壤湿润度的不同，有些个体差异，果实有大小，叶子也是。

我看到这个植物的时候，大概在海拔 3500 米，很惊讶，没想到越往下，临近河谷，越多，近水主要是红柳，岸上则长满了蔷薇，此河谷则足以被称为玫瑰谷。这让我想起保加利亚玫瑰谷，也是在一个山谷，种满了玫瑰，闻名世界。卡孜山谷当然没有保加利亚玫瑰谷那般规模，我们走完这段路程约十五公里，保加利亚玫瑰谷则有上百公里。但卡孜山谷长满原生蔷薇，保加利亚玫瑰谷生长的却不是当地原生蔷薇，而是突厥蔷薇，更为人知的俗名是大马士革玫瑰，是途经叙利亚（其首都大马士革）、土耳其，传入保加利亚的一个品种。

关于蔷薇属的玫瑰、月季、蔷薇三者的命名，这里再提一下。其实这三种植物原生品种大多在中国，特别是玫瑰和月季。传入欧洲以后，因为植物形态接近，洋人不分，皆为 rose。后来又有了大量杂交品种，就更难区分了。事实上 rose 这个词的对应汉语不如蔷薇来得恰当。

眼前这个山谷，我叫它卡孜蔷薇谷，时髦一些也可叫卡孜玫瑰谷。我摘了不少果实。陪同的达珍说，当地人路过，也会摘了尝尝这种野果，但也不多吃，大概是因为吃的是果皮，而果皮内有绒毛，虽不扎人，多少会影响到舌头和嘴唇。不过达珍的儿子在旁边"嘿嘿"一声坏笑，我突然反应过来，蔷薇果在肾功能上的功力。

蔷薇属的果实其实都差不多，只是外形稍有差异。我们常见的野蔷薇，果小，簇生。月季的果实会大一些，但一般单生，有些颜色不够亮红。峨眉蔷薇的果如纺锤，较有特色。玫瑰的果则圆一些。

差异大一些的蔷薇果是金樱子，果子大，果皮带毛刺，壶形，我家乡绍兴叫它小酒壶。这是我小时候见得最多，也最常吃的一种蔷薇果，有些地方还拿来泡酒。直接吃，最麻烦的就是果皮里的毛和果皮的刺，那时候就剥开了在溪沟里洗。不过在卡孜山谷，则不敢直接在河谷里洗了吃。在拉萨的时候，就有老法师告诫，在青藏地区，别看溪水清澈，往往上游有放牧，牛羊粪等还是会污染河道。

我采了卡孜玫瑰果，只是剥开，用指甲刮去绒毛，就直接吃了。这可是真正生长在人迹罕至地区的野生蔷薇果，才剥了几粒，手上就一层油脂。提一下，闻名女性世界的玫瑰果油，就来自果皮[1]。

河谷的水再往西流几公里就进入印度。卡孜寺，在河谷底下地势平坦处，一侧的山坡上。人工挖有巨大的石窟，内有寺庙。不过也是"文革"被毁，同样是村民自毁。我一直在想，这是多强大的一股力量，直抵翻越翻越再无翻越之地，其破坏力还与中心点一样强烈。好在，最后我还是看到了那尊立佛，是断了中指的莲花生大师，以及一小墙欢愉的欢喜佛壁画，一小墙痛苦的六道轮回壁画。后来，我在札达县城的托林寺见到一株蔷薇，与卡孜峡谷的几乎一个品种，只是气候太干，果皮都皱了。

——

注释：

① 注：蔷薇果是假果，这里说的果皮其实是花托皮。

糖包子阿驵

无花果稍熟，
就是软软的果实，
又特别甜，
一只鸟，
站在枝头，
无须多少时间，
即可消灭掉一粒果实。

无花果

菜叶目／桑科／榕属

小时候见过无花果树，却一直没有吃过无花果。我不是很喜欢无花果的气味，无论果实还是叶子，都有一股味儿，不是太好闻。果子往往还没太熟就被采了，一摘下来，树枝会流出白色的汁液，不知为什么，遇到这样的植物，总是觉得不能沾染，怕是碰了皮肤，会过敏或瘙痒。

不吃无花果，大概是因为那个时候没见过熟的果实。而且大人们都说那果实是给得了痔疮的人吃的。我有亲戚是中医，我家里有一堆草药书，我查过，无花果的确对痔疮出血有效，而且通便，特别是用没熟的小果或鲜叶。于是，在我看来，无花果就是草药，没事吃那玩意儿干吗。虽然，以前村口就有一株无花果，却一直没有采来吃的欲望，而且极为讨厌。

现在看到完全成熟的紫红色的无花果，却是很有食欲。我常买新疆产的无花果，新鲜或晒干的都买过。新疆的无花果，个大，颜色深紫色，维吾尔族叫它"安居尔"或"阿驵"，这一叫法其实来自波斯，是波斯语 anjir 的音译，意思是"树上结的糖包子"，听这名字就知道那一带产的无花果有多甜。

无花果原产地中海沿岸，在很多古代文学艺术和传说中都有无花果的影子，甚至《圣经》中也有无花果和耶稣的故事。无花果从土耳其一直往东传播，经过中亚抵阿富汗，后进入中国新疆，特别是在南疆，无花果如鱼得水，生长极好。差不多到了唐朝，无花果传入中国内地。唐代的笔记小说《酉阳杂俎》里就提到了波斯水果"阿驵"。

无花果进入中国内地后，也没有水土不服，生长良好，现在大江南北都种有无花果树。我一度误以为无花果是江南一带的乡土植物。它的栽培也很简单，春天剪枝扦插就很容易成活，并且成活后第二年就能结果。

我的院子里就有一株无花果树，是以前房东留给我的。这棵无花果树每年都能结果，结的还不少，除了大冬天，只要树枝生长，就会不停有果子结出来。但我却没吃过一颗成熟的无花果。现在明白，为什么我一直对紫红色的无花果没

无
花
果

有印象，因为果实总是未到成熟，鸟就先把它们吃了。无花果稍熟，就是软软的果实，又特别甜，一只鸟，站在枝头，无须多少时间，即可消灭掉一粒果实。若没有特殊的保护措施，自己是吃不到成熟的果实的，就跟小时候一样，连见的机会都没有。

因为院子里有树，我仔细观察过无花果的生长过程。早春，无花果开始长叶，那叶腋处就有很小的果实了。所以，有人问无花果有没有花，若纯粹这么观察，是没有看到无花果开花，它一出现就是果实，随后慢慢长大，连形状都没发生太大的变化，只是一路膨胀。但凡植物总是先开花再结果的，无花果自然也是不会例外，问题是，花在哪里。

将一个不怎么熟的无花果，纵向切开来看，里面是粉红如瓤的果肉，用放大镜仔细看，就能发现一些有趣的细节，是无数个小球组成了"果肉"，每个小球的中央有孔，而孔内则生长着无数绒毛状的东西，这其实就是无花果的花。雄花在上，雌花在下，这些花在结果实。

植物学上把无花果这种看似无花却有花的花叫作"隐头花序"。其实无花果的正中心是空的，有一条空隙一直通到外面。就像新疆人称其为"包子"，这的确是一个比较形象的解释，它是把花都包在里面了，只不过它不像包子那样把口粘合了，而是留着一个口子。这个里外的通道是给昆虫留的，让昆虫钻进去，在里面给花授粉。

这种昆虫叫榕小蜂，从花轴顶部开口处钻进去，在里面捣鼓，专门为无花果传粉。无花果受粉后，花轴还会继续迅速膨大，最后形成果实，这种果实叫隐头果，严格来说无花果是由无数个果形成的。

榕小蜂是一种很小的昆虫，差不多蚂蚁这般大小，若要观察这种昆虫，就需要在无花果边上候着，有时候，一个无

花果内会钻进去好几只榕小蜂。之所以叫榕小蜂，因为它们主要是给榕属的植物授粉。跟无花果一样，榕属植物的花大部分都是隐头花序，比如薜荔，一种常在墙头或山体攀爬的植物，俗称木馒头或木莲，结的"果实"几乎跟无花果一模一样，它也是由榕小蜂授粉的。

薜荔果也可以吃，但不像无花果那样当水果吃，薜荔果的籽往往可浸汁为凉粉，制作木莲豆腐，是夏季解暑圣品。

木莲豆腐

周作人也说木莲果像莲房，
大概是同一个先生教的。
他说的木莲豆腐，
是江南著名的夏季甜品，
就好比两广地区的龟苓膏。

木 莲

木莲叶　木莲树　木莲藤

　　"何首乌藤和木莲藤缠络着，木莲有莲房一般的果实，何首乌有臃肿的根。"这是鲁迅在《从百草园到三味书屋》里写的。何首乌和木莲是特别能缠的东西，绍兴的山野里很多，木莲更多，都爬进了城里，除了鲁迅的百草园，徐渭的青藤书屋也有，城里的石头围墙和石桥上也是木莲。我在绍兴学古琴，琴社在西小河边，每次去要走过一座古石桥，桥墩两侧缠满了木莲藤，只是没有一次见到"莲房一般的果实"。后来才知道，木莲的枝条是有两种的，结果枝和不结果枝。鲁迅在百草园见的木莲爬得高，能见得到阳光，会长出能结果的枝，枝条粗壮，叶子也大。桥墩上的木莲永远没机会到桥面，攀附在桥侧，只有早晨或傍晚的一点阳光，只长出了小叶且细软的枝条，永不结果，那些细枝条上往往还长有不定根，剪一根来，插泥土就能活。

我没进去过现在的百草园或三味书屋，不知道何首乌和木莲还在不，在的话，那几间屋子定要被这两种植物缠满了。

有一年初秋，我去绍兴上虞，见着了结果的木莲。那天我在找古越窑的遗址，一座貌似龙窑的窑口缠满了木莲藤，还结了果实，但这哪是"莲房一般的果实"呢！那么小，只是形有些像，但看上去更像是一颗稍显干瘪的无花果。我这一说法倒是有理，木莲和无花果都是桑科榕属的植物，所以它们的果实差不多。不过木莲果还分公母，要说明白还真有些复杂。

先说简单的。我们看到无论无花果还是木莲的所谓果实，其实是花托，它们的花为隐头花序，开在里面，花很多，一些花被授粉了就会结果，果自然也是结在里面，很小，密密麻麻。打个比方，就是由一层很厚的皮，裹了无数花，就像馒头皮包馅儿。木莲还真的又叫鬼馒头或木馒头，这比"莲房"形象多了。

还有一点，木莲是雌雄异株，也就是说其"馅儿"分雌雄两种，雄的内部有雄花和瘿花，瘿花上寄生了一种叫榕小蜂的昆虫，一到春季，雌蜂为寻觅新的繁衍栖息场所，会钻出去找另外的木莲果，它身上粘黏着雄花粉，一不小心跑到雌木莲果里，授粉就这样成功了。

所以我们会看到木莲果有两种，雌花果饱满，球形，瘦花果梨形。切开来看，雌果里塞满了籽，雄果基本空心，内壁紫色。但是有一点一样，花托或者说外皮都很厚，这张皮，被绍兴人用来戏谑那些厚脸皮的顽童，叫"木莲皮"。

事实上，无论木莲还是鬼馒头都非真名，其正式学名是薜荔，叫木莲很容易搞错，因为另有一种植物，乔木，花开如莲，学名木莲。《红楼梦》里是把它叫薜荔的。史湘云的白海棠诗写"蘅芷阶通萝薜门，也宜墙角也宜盆"，这薜就是薜荔，诗说长满蘅芜和白芷的台阶通向藤萝薜荔掩映的门。

不过，绍兴一带就是叫木莲，鲁迅的兄弟周作人也写过百草园，题目是《园里的植物》，里面也提到了木莲："木莲藤缠绕上树，长得很高，结莲房似的果实，可以用井水揉搓，做成凉粉一类的东西，叫作木莲豆腐。"周作人也说木莲果像莲房，大概是同一个先生教的。他说的木莲豆腐，是江南著名的夏季甜品，就好比两广地区的龟苓膏。

木莲豆腐可不是豆腐，如周作人所说，是揉搓木莲而得的凉粉一类的东西。其实是揉搓薜荔籽。详细来讲是这样做木莲豆腐的：

用纱布袋包薜荔籽，浸在盛满冷水的盆子里，搓捏纱袋，一种黏稠的汁液会流出来。然后在水里加一些藕粉或石膏粉，以帮助凝结，再放入冰箱三四个小时，液体就成了果冻状，这就是木莲豆腐。

以前没有冰箱的时候，制作时特别要求用冰凉的井水，也会凝结。吃的时候加些糖或是薄荷，也有人喜欢加醋，那酸爽！

木莲豆腐在绍兴是很盛行的，以前在街头就能买到木莲豆腐，还有人是挑着担子走街串巷卖，前头一大锅木莲豆腐，后头一筐碗。现在少了，而且想自己做的话，还很难买到薜荔籽。网上能买到制作木莲豆腐的"木莲籽"，收到的常常是假酸浆籽，也能做，成品也差不多，其实本来就都是种子外层的果胶冷却凝固而成，所谓豆腐，大多是水分。绍兴有

一句俗话叫"木莲豆腐晒干",用来形容某些人华而不实，一晒就没了。

最后再提一下，在浙江福建一带还有一种豆腐，叫苦槠豆腐，也不是豆制品，而是用壳斗科的植物苦槠的种子做的，没有人专门种植，都是收野生的苦槠籽。江浙闽一带的山野里，野生的苦槠很多，一到秋天，种子纷纷落下，提着筐去捡就行了。制作苦槠豆腐比木莲豆腐复杂一些，要浸泡、磨浆、过滤、加热、冷固等，而且以前土法做的苦槠豆腐还有些苦涩味。不过苦槠豆腐还真的是用来做菜的，不像木莲豆腐，是为夏日的甜品。

山竹真名莽吉柿

山竹、榴莲的寒热之说主要
在东南亚的华人口中流传，
大部分本地人并不讲究，
日日大啖榴莲，
毫无顾忌。

山　竹

山茶正目　藤黄科　藤黄属

山竹在《中国植物志》上竟然叫莽吉柿，害我查了很久。莽吉柿这个名字霸气，以为有何深意，结果不过是英文名 mangosteen 的音译。现在不会迷茫了吧，在东南亚街头的水果摊，摊主常指着山竹叫"芒果汁"。 莽吉柿的柿字译得不错，我第一次见到挂满了山竹的莽吉柿树，还真以为这满树的未熟的青色果实是柿子，挺像的。

山竹这水果以前在稍微北方一点的地方很少见到，我小时候就没见过，到了上海也没在水果摊上见到。但有意思的是，上海的路边流动摊里能买到，完全不同的渠道。夏季，上海的街头常有人挑担叫卖山竹。

差不多八年前，我还在上海新乐路开一家神店，一度成为文艺青年名店，小店卖我们的杂志、书、创意杂货、咖啡以及超苦的凉茶。店在三楼，上楼要穿越住家晾在楼道的内衣裤。之所以是神店，因为我们爱开不开，以致楼道上常常塞满了排队等开门的顾客，门板上也写满了留言。因为是神店，有了神就不奉顾客为上帝。

我是在那时才第一次吃到了山竹。来拜神的朋友上楼见店还没开，就下楼先逛街，新乐路是潮街，值得瞎逛。他见有人吆喝卖山竹，无聊，就买了。我到了，开门，然后一起吃山竹，那东西，金贵着呢，剥开了，用牙签，一粒一粒吃。

真好吃啊！

我在这之前一直没吃过山竹，一是以前没怎么见过，我

Garcinia mangostana L.

山

竹

说了，那时的水果店不卖这玩意儿；二是嫌贵，论个就好几块一个；三是无法接受其外形和内里，这货里面长得太像棉花了，不像是好吃的东西。但后来就爱上了，遇到特别新鲜的，常掏出巨资品尝，还是用牙签一粒一粒吃。然后，拍照，登上了我当时所编杂志的"生活好品"栏目，说明当时山竹还真是蛮稀罕的。"生活好品"这个栏目常常介绍我们自己用过、吃过、玩过，觉得不错的东西。栏目很受欢迎，花了不少钱，也享受了不少新鲜的好事，没从中赚过一分钱。

说回山竹。跟榴莲一样，山竹的原生地也是东南亚，与榴莲一阴一阳，一寒一热，和谐存在。榴莲特别是山榴莲，树高大，三四十米不在话下，山竹则是小乔木，粗壮但不算高大。我九月份在菲律宾南部旅行，榴莲正当旺季，满大街都是榴莲摊，十几个榴莲品种，香甜的、苦甜的，糯的、稍带质感的，等等，一日三餐榴莲为食。山竹却还没到旺季，我在一处雨林边缘见到山竹林，树上挂满了山竹，尚是青皮的果实。城里市场上零散有一些早熟的山竹销售，却不像

榴莲这样常见。

　　山竹、榴莲的寒热之说主要在华人口中流传，大部分本地人并不讲究，日日大啖榴莲，毫无顾忌。也不见水果摊位有山竹、榴莲的搭配。我却是有些小心，时不时买些山竹吃，毕竟这里的山竹也非高贵的水果，跟榴莲一样，便宜得很，也不像国内卖的山竹一颗颗拭擦得很干净。这里卖的很多山竹，表面看上去都脏脏的，沾满了黄色的东西，原来并不明白，为什么果皮这么脏，品相那么差，在山里见到山竹后，才了解，山竹的茎叶破损后，会流出黄色的汁液来，这种汁液会滴到果皮上。我尝了一下这种汁液，苦涩至极。山竹之寒，由此可见。

番木瓜之味

木瓜也入菜，在云南，路边档铺还常有酸木瓜小吃卖，将酸木瓜切成了片，拌糖，拌其他佐料，吃起来酸甜爽快。

番木瓜

营养日　番木瓜籽　番木瓜菌

有关番木瓜，给我印象最深的文艺作品有两件，一次画展，一部电影。

展览在台北"国立历史博物馆"。去年，我旅行路过，碰巧遇到，画家画了一系列台湾题材，其中不少作品描绘的是台湾乡村的木瓜树，画幅巨大，金黄色的木瓜结满枝头，饱满，太成熟，涨裂了，鸟啄烂了，果肉溢出，汁水淌下，满画布直白的欲望。

越南导演陈英雄的《青木瓜之味》，是快二十年前的电影了，有漂亮的小女孩，有女孩长大后暧昧的情感。全片好像都处在闷热潮湿的雨季，院子里有未熟的木瓜，被摘了，削皮去瓤、切丝、装盘、上酱，青涩、郁闷、克制。

画家的名字我忘了，只留有熟透的、金黄色的、母性的番木瓜印象。电影导演则另有《三轮车夫》等作品，因有梁朝伟主演而记得，前两年拍了原著村上春树的《挪威森林》，过于神经分兮，就不是很喜欢。

　　说回番木瓜，这是热带的植物，原产虽是中美洲，却在越南、老挝、柬埔寨等东南亚地区普遍种植，房前屋后很常见，内地除南方几省外，基本不见。最北，我在闽南泉州见过，树长得不高，也结着果实。台湾也是番木瓜的主产区，很有名，有不少好品种。我最初了解到番木瓜，是在酒店餐桌，落座有女孩，要甜点时，来了一盅木瓜雪蛤，众人调侃，不用多说，便知所以。

　　番木瓜丰胸，是以形补形，似那台湾画家笔下的木瓜，饱满沉甸性感。当然，现代科学是说其含有的木瓜酶对乳腺发育有益，并说能刺激女性荷尔蒙分泌以及卵巢分泌雌激素，使乳腺畅通，从而从而。

　　雪蛤不必说，是蛤蟆的卵巢，雌激素，南北货商店里有卖，干货。木瓜雪蛤这道甜点是粤菜名点，历史悠久。至于有没有效，吃过的才知道，我没资格表态。不过，看看普遍的国民胸怀，应该是功效一般，要么木瓜太贵，或者丰胸知识普及不够。一些理性的科学主义者认为木瓜丰胸乃无稽之谈。

但是，番木瓜真心便宜，太能生长，几乎一年四季开花结果，越结越高。《青木瓜之味》里，木瓜长在窗前，随手就可摘了木瓜，生生的，肉还是白色的，切丝，蘸酱料吃。我还没这样吃过，市场上买不到青涩的番木瓜，在东南亚餐厅也没见过这道菜，大概微涩，爽脆。不过也许在蔬菜沙拉里遇到过番木瓜丝，没注意。

番木瓜的确能给人情欲的暗示，不只是台湾画家绘画作品中的木瓜形象。在陈英雄的电影里，木瓜被摘下，白色乳汁流出，导演特意给了好几秒的画面。

我对番木瓜了解不多，除了文艺作品，也就在南方旅行时所见，看到结着果实的树才能辨认出来。前几月，在菲律宾的 Siquijor

岛，我见一树开乳黄色小花，小花成串，以前没见过。司机见我对着树拍照，说这是"爸爸的爸爸呀"，我听了糊涂，他又说还有"妈妈的爸爸呀"，就更糊涂了。好久才反应过来，原来他是说番木瓜分公母，有爸爸的 papaya 和妈妈的 papaya。papaya 是番木瓜的英文名。

大概一些地方会把不结果的雄番木瓜除去，留下一株两株授粉足够，所以常见的都是雌番木瓜，很少见不结果的树，我一直都没意识到番木瓜是雌雄异株。至于番木瓜的名字，如番茄、番薯，说明它是外来物种。另外也是为区分，因内地原本就有木瓜一物，特别在西南云贵地区，木瓜是特产，它是植物木瓜或木瓜海棠的果实，个不大，味酸，入药。西南民间称之酸木瓜，常用它浸酒，可治疗风湿痹痛。

木瓜也入菜，在云南，路边档铺还常有酸木瓜小吃卖，将酸木瓜切成了片，拌糖，拌其他佐料，吃起来酸甜爽快。据说老香港街边的推车仔档有一种酸木瓜小吃，用白醋和白糖腌的，大概也是这样的味道。

云南菜中，味酸者，多是因为用了酸木瓜，如酸汤鱼、酸汤鸡等，实在太好吃，太入味。写到此，抑制不住满口生津，只好就此搁笔。

菠萝菠萝蜜

在达沃市场，
看到一筐菠萝蜜，
其中一个掰开了，
我终于觉察出它的不同，
这一粒一粒白肉，
湿漉漉的，
让人垂涎。

菠萝蜜

字以外 · 食料 · 菜学菜果

在达沃伊顿自然公园里，有一段四公里的雨林，穿梭其中，滑腻腻的青苔路，几乎无人问津。自然公园里有许多人工游玩项目，穿越雨林对于大多数人来说，太乏味了。我们一行几个人，却一路见识了不少奇异的姜科植物，丰富的蕨类，以及数不尽的野草花。

在雨林中，时不时能听到"嘭"一声，应该是有野果成熟后坠落，砸在丛林里。我一直在想被击中的概率，想多了就挂念自己的意外险保单。我们中途迷过路，走到了丛林边缘。在地上见到一个比拳头大一点的榴莲，如狼牙棒上的纺锤头，已经砸裂。抬头看到榴莲树，十几层楼高，挂满了榴莲。顿时头皮一麻，速速离开。据说，榴莲在白天不会自然落下，晚上才会，不知为什么这种植物会这么体贴。

那些时不时"嘭"一声落下来的到底是什么，肯定不是榴莲了。我总觉得有一种水果，正是成熟期，趁着我们人都在，它有种时不我待的焦虑感。直到在地上见到一个稀巴烂的水果，我想起来，这是某种菠萝蜜。

榴莲砸到人会出一组窟窿，巨大的菠萝蜜则会直接把人压成肉饼。但这种菠萝蜜不大，最大不过一个柚子，在达沃的市场上就有。因为我不喜吃菠萝蜜，也就从未尝试。有一次在广西逛菜市场，看到一个一头猪大小的菠萝蜜，我也只是惊叹，并没有想吃的欲望。但在达沃市场，看到一筐菠萝蜜，其中一个掰开了，我终于觉察出它与菠萝蜜的不同，这一粒一粒白肉，湿漉漉的，让人垂涎。当地人叫它 Marang [1] 而不是 Jackfruit。我掰了一粒果肉来尝，完全不是菠萝蜜的路子，像是甜而滑润的糯米羹啊，好吃。但奇怪的是，那天尝完，连说好吃，然后拍拍屁股就走了，一个也没买，无论是对自己还是对摊主都极不礼貌。回想起来，深感遗憾，只能说当时已提前被榴莲喂饱。

在丛林里再次见到，虽已是烂货，但我还是从残骸以及散发的气味上辨认出来，这是 Marang。我想看看它挂在树上的样子。我见过菠萝蜜，跟榴莲一样，是结在树干上，在很老的枝干上能结出一个硕大的果来，但这一路就是没见到。无意中抬头，才看到 Marang 的果是结在树梢上，悠悠颤颤的，与菠萝蜜也是不同。

　　有一个说法是，这是自然进化的结果。一些植物的果实太大太重，只有粗壮的枝条才能承受，开花结果就逐渐往主干发展，比如榴莲、菠萝蜜都是老干生花结果，但 Marang 果小多了，新的枝干能承受它的分量。留意观察，才发现这一路有很多 Marang，不是抬头看到的，都落在地上，遗憾没有见到新鲜掉落的，一些 Marang 的种子都已经发芽，但它们大部分都无缘生长为树。在雨林丛中，树木阴郁，光线稀有，只够发芽，不够成长，除非机缘巧合，有大树倒下或枝干折断，才会开出一片天空来，让下面的植物能抢夺到阳光，有机会快速穿透第一层，向着阳光充足的上层进发。

　　穿出丛林的时候，半途见一位园区工人拿了半个熟透的 Marang，我上去问它的正式名字，以为可以得到正式英文名，他还是告诉我这就叫 Marang，并把它送给了我。奇迹发生了，我吃到

了那一行程中最好吃的水果，根本没有之一，直到今天还是坚持这个观点。

为了搞定它的名字，我后来还专门去当地超市察看，问过服务员，确信无误它就叫 Marang，这就是英文名，不是菲律宾地方俗名。它是菠萝蜜的亲戚，同一个科属。以前，我可能还把它跟另外一个水果混淆，叫 Cempedak，那是一种更接近菠萝蜜的水果，在缅、老、泰一带很多。还有一个大家比较熟悉的同类水果是面包果 Breadfruit，也是菠萝蜜属的，不能直接吃，而是切片烤熟，味如面包。

菠萝蜜属下真是奇异，同门兄弟，风格各异。有吃客可以排序品尝，从面包果 Breadfruit 到 Marang，到 Cempedak，再到菠萝蜜 Jackfruit，这是一个形态上渐变的过程。比较下来，Marang 最合我意，风味香甜可人。也有人记录此水果名为极香菠萝蜜，就是因为它在风味上超越了菠萝蜜，但其实是完全不同两种口味。

——

注释:

〔1在维基上有一篇关于 Marang 的资料，说它熟透掉落时已不能食用，要在它完全成熟却又仍挂在树上才恰到好处，我从园区工人那里接手的那个应该刚好如此。

166

突尼斯那软籽石榴

这种石榴，
有人摘了吃吗？
有啊，
去了皮，
整个儿扔进榨汁机榨汁。
真是个好办法。

石　榴

桃金娘目 / 石榴科 / 石榴属

　　我们小区有几株石榴，初夏开花，繁华一树，也繁华一地。花有红的、粉的和白的。红的单瓣，粉的和白的重瓣。红的结果，其他花后落尽。

　　每年秋天，红花石榴成熟。小区扫地的阿姨总拿竹扫把打石榴，被我见到几次。那石榴不大，也不够红，掰开了也没多少石榴籽，肯定不会好吃，但还是被一扫而空。这事儿，我问过我妈：乡下也有这种石榴，有人摘了吃吗？有啊，去了皮，整个儿扔进榨汁机榨汁。真是个好办法。

　　我好几年前在上海的花卉展上买过一株石榴，突尼斯软籽石榴。今天还种着，从来没有开花，更甭谈结果。花商介绍，结果比拳头大，色红，籽软，吃它无须吐籽，嚼吧嚼吧就行了，

解决了吃石榴的最大困扰。

可是我的突尼斯从不开花，虽有委屈，但也没怪过花商，他没必要骗人。石榴这玩意儿，好种，特别容易繁殖，插枝即活。我说我现在有二三十株突尼斯，你也得信。这东西都要骗人，太没良心了。我不相信人心坏至此。不开花的原因自己找，光照不够吧！

四五年前，我测过院子的光照，若整日晴天，在最好的位置，一天大概有五个小时能被阳光直射。早上日出后，升高一些，东边有阳光进来，能给一个小时，然后被建筑挡住，中午至午后太阳较高，能照三四个小时，之后又被挡住，下午还能从缝隙再进来三四十分钟。那时候，我种的荷花开过，花茎挺出来，比叶子高，开了，艳压群芳。往后就再没开花，

石

榴

有花苞也会蔫了。原因大体是，东边院外的樱花长高了，无人修剪，晨曦被挡，失去了一个小时。

荷花，若没有六个小时的光照，花苞没法被催化出来。这境况与石榴一样。石榴开花，对光的需求没有荷花那么大，但三四个小时的直射光抚慰一下还是需要的。小区绿化带的光照也是一般，但石榴长得高，受光条件好许多。所以，突尼斯软籽石榴像个梦一样，萦绕着，一直没醒。等待哪天，太阳换个酷一点的角度升起，我院顿时繁华似锦。

石榴是中国传统花卉，第一次听到有突尼斯石榴，感觉有些怪，就像突然冒出一种优良的阿根廷牡丹一样，让人难以接受。但石榴是真的，它本外来种，能成为传统花卉，是因为进入中国的时间早。关于石榴，在《诗经》里还是翻不到的。汉代始，就陆续有了记载，它从西域而来，一般都说是张骞引入的。晋代张华的《博物志》记载："汉张骞出使西域，得涂林安石国榴种以归。"与其他张骞引入的植物姓胡不同，石榴刚入中国的时候叫安石榴，安石就是安国和石国，在中亚地区，差不多是现今乌兹别克斯坦的布哈拉和塔什干一带。石榴的原生地在巴尔干半岛至伊朗及其邻近的中亚地区。突尼斯隔地中海可望巴尔干半岛，是石榴最西面的原产区。

我总觉得张骞出使西域，更像是一个植物猎人，苜蓿、葡萄、胡麻（芝麻）、胡豆（蚕豆）、胡瓜（黄瓜）、大蒜、胡萝卜，还有石榴，都由他带回，都是可以吃的。这些还都是活下来的，肯定还有很多猎回来，但气候不适应，没存活下来的植物。

　　石榴在中国长得好，且能适应不同的气候，在中国南北都能生长良好，并培育了不少新品种，我知道江苏有小果石榴，而安徽的怀远县成为了石榴之乡，以"怀远石榴"名扬水果市场。至于突尼斯软籽石榴，引入中国历史不久，中突建交的时候，突尼斯送的，最初只有六株。据说果大，一个两斤多，籽软，是世界上果仁最软的品种，听着都能垂涎。问题来了，太阳什么时候不照常升起？

当然哎，所有滋味都值得品尝

我之所以把垂丝海棠结的果实叫小苹果，是因为它是蔷薇科苹果属的植物，与苹果算是兄弟，同门还有海棠花、楸子、西府海棠、花红等。

海 棠

茶蘼谢·茶蘼杯，不采榴

冬至一过，园工们就把垂丝海棠的枝条剪了。树枝还堆在路边，上面挂着小小的苹果，已经有些皱皮。每年都是这样，不仅是垂丝海棠，其他植物也是如此遭遇，像紫荆，往往被剪得只剩下主干，一到春天开花，一根粗杆子上布满花苞，看着瘆得慌，毫无美感，以致我向来讨厌紫荆，不忍直视。直至有一年在徽州松萝山上见到野生的紫荆，丛生，枝条柔软，才接受了这种植物，原来不是蛮横的麻脸，倒也别有风情。

小区外大马路十字路口的大樟树边有一株垂丝海棠，大概种下的第一年就被遗忘了，躲过了剪刀，往后年年侥幸，终于长得很高，园工就再也没机会对它动刀，除非用上锯子。今天出门路过，看到半树的小苹果挂在枝头，另一半落在地上，丰收的场面。即使挂在枝头的果实，皮也有些皱了，苹果好像就是这个德行。不像一个月前，一个一个油光油光的，当时我还摘了一个吃，苦涩难忍，怪没完熟。今天见到彻底熟透的，已经失去了品尝的勇气。

我之所以把垂丝海棠结的果实叫小苹果，是因为它是蔷薇科苹果属的植物，与苹果算是兄弟，同门还有海棠花、楸子、西府海棠、花红等，垂丝海棠和西府海棠、海棠花等，花漂亮，果实小，常被当作观赏植物种植，像西府海棠还是名种。而花红则跟苹果一样，除了观赏，果实也可以吃，只是果实没有苹果那么大。

花红也叫林檎，在古代无论花红、林檎、苹果，都由一个"柰"字统称，到了明代就开始分了。李时珍说：林檎，

即柰之小而圆者。清代王孟英《随息居饮食谱》里写得清楚：南产实小，名林檎，一名花红。北产实大，名频婆，俗呼苹果。这一演化大概是气候造成的，跟橘子一样，生南为橘，生北则为枳。

若是比林檎还要小的，我叫它迷你苹果，这样容易让人认识到它与苹果之间的关系，直接叫海棠果当然也可以，只是需要费一番口舌，因为还有其他叫海棠的植物，也结果。如木瓜海棠、贴梗海棠等，其实不是苹果属植物，而是木瓜属，它们所结果实叫木瓜。还有几个草本海棠如四季海棠、秋海棠等，倒是与苹果属的海棠无关，也无关木瓜，更结不出水果般的果实来。其实木瓜属的这些海棠，也早已被正名了，如明代《群芳谱》里叫贴梗海棠，到了《中国植物志》里叫皱皮木瓜，另一品种名"倭海棠"或"日本海棠"，现在叫日本木瓜。这样就清晰多了，让人大舒一口气。

说说那个迷你小苹果为什么熟透了我还是不敢尝，即使有人告诉我说，垂丝海棠结的果，真的跟苹果的味道差不多。但我已经尝过一次，味道极差，就不打算等它熟了再尝，基本上也不会变好。苹果的故事告诉我，你尝的那个好吃，不代表我尝的这个也会好吃。

在自然状态下，你所见到的苹果树，基本上每一株上结

海
棠

的果都味道迥异，有的苦，有的涩，有些毫无风味，味如嚼蜡。要是突然吃到一个好吃的呢，那么这株苹果树就该被记住，作为果树，它就值得被推广。但推广的方式只有一种，就是无性繁殖，嫁接或是扦插。不能因为它好吃，就用它的种子来繁殖下一代，因为下一代又是千变万化，或者苦，或者甜，或者如面粉，它不会一五一十像它老妈。

我前几天看过一本书，里面有一个章节写一位美国商人，沿着密西西比河贩卖苹果苗[1]，故事写得很生动。可我现在无论如何也想不起来是哪本书，迷失在梭罗的《种子的信仰》、迈克尔·波伦的《植物的欲望》，以及最近引进的几本关于丘园的书籍，在各种植物发现和种子故事里，我都没有找到那一篇文章。最后我在梭罗的《野果》里翻阅，还是没找到。但《野果》里也有一篇讲苹果的，应该是整本书里第二长的一个章节（那篇《黑越橘》比它多了六页）。梭罗讲了一百多种野果，许多都是寥寥数语，或是一两页，不知道为什么关于苹果，梭罗却啰哩八唆写了很长。

他讲苹果之野味，表达所有滋味都值得品尝，而苹果恰是万种风味。我对"野苹果"开篇的第一句话深有同感：八月一日前后，苹果熟了，不过我认为吃起来再怎么香，也不如闻起来香。

我是一点儿也不喜欢吃苹果，但我喜欢闻着苹果的香味。无论好吃难吃的苹果，唯有香味都是好闻的。即使苦涩的垂丝海棠果，你闻它的香味，也生不出任何讨厌的情绪来。

———

注释：

1 那位卖苹果苗的商人叫"苹果佬约翰尼"，就在迈克尔·波伦的《植物的欲望》第一章里。

象泉河谷的沙棘

沙棘果虽然密生量大，
但单个果实小，
皮薄，
水分大，
一碰易破，
而且果柄短，
即使成熟也不能自然脱落。

沙 棘

象泉河谷，长满了沙棘。秋天，站在古格王国遗址的高坡上，向河谷望去，沙棘林不是灰绿一色，而是晕着橙黄色，那是沙棘果的颜色。沙棘在秋季结果，裹着枝条密密麻麻而生，在这干燥的旧古格王国里，是最多汁的存在。

与普兰孔雀河谷看到的低矮的灌木状沙棘不同，札达象泉河谷的沙棘树高达两三米，但仍是丛生。也与我在波密至鲁朗一带见到的沙棘不一样，那里的沙棘单株生长，高大，木材还可做家具。

不同的环境影响了植物生长。波密、鲁朗的环境如同江南，海拔低，气候温暖，没有严酷的风沙，沙棘树有着明显的主干，乔木状生长。越往高海拔，植株开始被迫以匍匐生长的方式来抵御强风，而且枝干贴近地面可以充分利用地面温度，或以丛生的方式来适应环境。若是特别干旱，会缩小叶面，成为线状或针状，以减少蒸发。西藏沙棘还在其叶子和茎上进化出一层角质层，以防止阳光强烈辐射的灼伤。

沙棘在不同的环境进化出了不同的品种，如华北、西北的中国沙棘，云贵、四川的云南沙棘，青藏高原的西藏沙棘、肋果沙棘等；中亚帕米尔高原有中亚沙棘、蒙古沙棘等。

札达文物局 位叫达珍的本地人告诉我，她吃过各种野生的沙棘果，树状的沙棘不及灌木沙棘结的果好吃。我避开沙棘树的硬刺，试着想摘些沙棘果，尚未用力，果汁已迸出。只有不过熟的沙棘果才能勉强完整采下，尝了一下味道，有

些酸苦，的确不像孔雀河谷的灌木沙棘果那般酸苦中还带点甜。

这些野生的沙棘果无人采收，任其成熟直到来年，因为采集实在太困难了。沙棘果虽然密生量大，但单个果实小、皮薄、水分大，一碰易破，而且果柄短，即使成熟也不能自然脱落。在札达一带，也没有什么商业需求，只好任其荒废。

我看着这片正在丰产的沙棘林，它们甚至都没有成为鸟的口粮，成熟的果子，整串整串地挂满枝头，看着诱人。阿里地区的鸟少，乌鸦算是最常见，但沙棘果即使是它们的口粮，多刺的枝条，这种大鸟也站不住。其实若不是枝上有刺，倒可以整枝剪下，如糖葫芦般吃法，定是爽快。

据说在内蒙古、青海的一些沙棘园，的确是连枝带果直接剪枝，但劳动力成本还是太高了，可以占去总成本的九成。单一农户自己采集、自己食用还行。俄罗斯也是沙棘的主产区，在世界沙棘市场上占主导地位，它们有专门的机器采收沙棘果，是一种吸入装置，但机器能耗太高。内蒙古还有一种化学采集法，据说是比较普遍的方法，这里就不想多讲了。

由于沙棘果过熟了也不掉，有些沙棘产区的农户一直等寒冷的冬季到来，等果实冻硬再采。这的确是一个办法，但是，有研究说，过熟的沙棘果，其维生素含量和生物活性物质等都有大幅降低，所以也不算最佳方案。沙棘果含有丰富的营养物质，特别是维生素 C，刚成熟那刻含量最高，之后会衰退一些。沙棘产区的农牧民很早就发现了沙棘果的价值，在青藏地区，很多人会制作沙棘膏，将沙棘煎煮，直至浓缩为膏，用来治咳嗽。类似内地的枇杷膏，也治疗咳嗽，是用枇杷叶子熬制。另外，在传统医学上，特别藏医和蒙医，还有不少含沙棘的方子，青海藏医有一方子，叫五味沙棘散，沙棘与余甘子、甘草等同用，可止咳祛痰。

现在沙棘的最大价值不在其果实，即使荒废了果实，沙棘树依旧极为重要，它是防风治沙，恢复生态方面的先锋树种。内蒙古和青藏地区是沙棘的主产区，也是极需多种沙棘的地区。沙棘可以在沙化严重，极为干旱的不毛之地生存，甚至在盐碱化土地上也能存活，是"地球癌症"——砒砂岩地区唯一能生长的植物。

达珍说，虽然河谷里有成片的沙棘树，但山坡山坳几乎只有黄沙黄泥，沙棘树越来越少，草也很少，他们这儿现在不再允许砍伐沙棘，但也无法完全杜绝。

札达的冬天很冷，需要大量柴火，这里最常见的柴木就是沙棘，每家每户门前屋后都堆满了沙棘树枝。达珍说这些木材都是老死的沙棘，村民捡来当作柴火。其实哪来那么多老死的沙棘树，沙棘的寿命并不短，生命力顽强。但也可以原谅，因为草原退化，休牧，不像其他藏族聚居区，能收集足够的牛粪作为燃料。

在我住的古格宾馆门口，有一古迹废墟，一大片空地。有个新疆来的小伙，叫阿布杜，在这儿卖焦炭。他是新疆叶城人，从阿克苏进焦炭运到札达贩卖，已有好几年。他说札达冬季寒冷，摄氏零下 30 多度，他的焦炭卖 2200 元一吨，卖得很好。 我想，大概因为阿布杜，所以这里的沙棘林还得以保存至今天的规模。若是能有更好的沙棘果采集方法，并有商业需求，还能激起当地人的兴趣，或许这里的沙棘林还能有发展，让这土林里的旧古格王国泛些绿色。

遍插茱萸少一人

按传统医学对山茱萸的认识，
用它泡的酒可真不是让人老老实实
只负责醉倒就可以了，
山茱萸是补肾益精的阳补之物，
听着就觉得是那种特别打气的东西。

茱 萸

少时的同学在桐庐游玩，见一株山茱萸，挂满了红色的果实，便采了满满一袋，说要泡酒，又说待酒好后，设宴，邀我过去，再与同学，只管醉倒。她没说摘了吃鲜果，因为山茱萸的鲜果的确只是看着诱人，红彤彤的让人垂涎，实质并不好吃，自古只是采来做药或是泡酒。在中药里有一味叫萸肉的药，就是山茱萸。

山茱萸的炮制也简单，用文火烘或是置沸水中略烫，然后去核、干燥即可入药。泡酒也一样要用干货，不能带着水分去泡，去核才好。失水的萸肉其实并没有什么肉，就剩一层果皮。有些郎中写方子的时候就偏不写萸肉，会写枣皮，

说枣皮的确也有几分像，但千万别误以为真的是枣子皮。中医郎中就是这样，方子要写得潦草，药材又喜用别名，都是暗号，只有药房的先生通识。

按传统医学对山茱萸的认识，用它泡的酒可真不是让人老老实实只负责醉倒就可以了，山茱萸是补肾益精的阳补之物，听着就觉得是那种特别打气的东西，"战斗吧，大叔"，好像有人在耳边这么鼓励你，然后一饮而尽！这样一说，山茱萸就显得特别正能量，有"老夫聊发少年狂"般催人奋进。

山茱萸的花也好看。早春的时候，我去上海植物园游玩，梅花的花期将过，玉兰初绽，湖边的河津樱恰是最好的时候。在寒露时节的秋天想起春天，照着时间，一个花、一个花报过来，美好就没有了尽头。那天我看到了山茱萸，满枝头金黄色的花。山茱萸开的时候，没有叶子，连叶芽都还没有，就在枝干上开出花来，真是好看。

说茱萸，平日里也想不起来，春天看完花，就把它忘了。但一到九月九的重阳节，大家就开始提茱萸，就像是端午节，免不了要念起艾草和菖蒲，并把它们剪来插在门上。茱萸是要在重阳节这天，剪枝来插在头上，或佩在身上的，一样都是为了辟邪。在晋代周处《风土记》中写："九月九日折茱萸以插头，避除恶气，以御初寒。"

不过九月九的茱萸，并非山茱萸，是像端午的艾草、菖蒲那样，一种有气味的植物。山茱萸的叶果都没气味，所以更有可能的是吴茱萸，吴茱萸有味道。周处说的御初寒，并非是佩戴了茱萸可以防冻，而是抵御寒邪的意思，作为药材的吴茱萸就有着散寒止痛的功效。这种避恶气、御寒邪的植物，后来演变成抵御灾难的植物，登高、插茱萸就是为了避难，这成了九月九日的习俗。有名的是王维的诗句："遥知兄弟登高处，遍插茱萸少一人。"

不过我们现在也就只记得这句子了，九月九登高、插茱萸的习俗都只在口头上，不像端午，艾草和菖蒲仍旧在用。茱萸是少见了，甚至都要通过诗文记载、植物的地理分布来考证，那插头上的茱萸到底是哪个茱萸，且至今仍有分歧。

比方说，还有一个叫食茱萸的，也极有可能是九月九的茱萸，它气味更浓烈，还是调味品，在辣椒进入前，辛辣的味道就来自食茱萸，它与花椒、姜并列为"二香"。古人没有现代这般科学细致的植物分类法，同气者同名，再多加一个字以区分，吴茱萸和食茱萸在现代的分类学上都是芸香科的植物，吴茱萸药用为主，食茱萸自然是用在食物上为主，但一样都可能是九月九插头上的茱萸。

一些旧有的风俗习惯被淡忘是必然，现在的九九重阳节，成为一个敬老的节日，也随了秋天，有些落寞。"茱萸香坠，紫菊气，飘庭户，晚烟笼细雨"，这是李煜的词句，带着"冉冉秋光留不住"的忧伤。

难挑的牛油果

牛油果切碎块，
西红柿片状，
还有些生菜、芝麻菜一类，
撒点胡椒和盐，
就这么拌拌。
也有烤的，
上面有鸡蛋或一片培根。

牛油果

炎夏没什么花草可看，也就很少出门溜达。立秋后，天气凉了一些，晚上偶尔出去散步，发现马路边好一番热闹。以往是卖盗版外文书、盗版碟和卖花者的天下，现在竟然变成了水果摊一条街，卖西瓜的一摊，占地广阔，卖伊丽莎白瓜的一摊，摊位小一点，卖芒果的一摊，摊位狭长，还有一摊黑漆漆的，凑着路灯靠近一看，是卖牛油果的。卖水果的都有了专业分工，不像以前一辆大卡车，路边一停，侧面打开，什么水果都有，现在竟然是各卖各的，不会说谁家水果不好，也不会低价促销，没有了竞争，更不会打架。

西瓜、青白瓜我不吃，吃不了，一吃就坏肚子。托广西朋友的福，芒果连续吃了大半月了，桂七可真是好吃，但现在也快要食之无味了。我看着路边这一摊的台芒，毫无兴趣。牛油果可以，也不当它是水果。它也就样子是水果，果肉说真的，遇到刚好成熟的，就是浓香的奶酪。于是买了四个牛油果，紫皮的。老板对牛油果作了分类，生的、快要熟的和熟的。感谢，因为牛油果一堆在那里，实在很难区分，到底谁是熟的，谁还要放几天。我买的都是快要熟的，需要再放一两天，所以放家里一天，今天第二天想吃，切开来一看，坏的，再切一个，坏的，个个都是如此，怪了。

黑灯瞎火的生意，终究猫腻丛丛。他就一辆小三轮，那么大一摊牛油果，还能分类，想来是不大可能。硬盘都不够，原始数据也早就乱了，他还硬是编出一个 Excel 表格，我也真是瞎了。但我还是保持一颗善良的心，也许是我家里太热，空气不够流通所致。对于这些摊贩来说，这样的大热天，白天有城管，只有晚上才摸黑出来，做个生意也不容易。

牛油果本来就难选。村上春树有一本随笔集叫《大萝卜和难挑的鳄梨》，鳄梨就是牛油果，他这个牛油果爱好者都说它难挑，"世界上最大的难题之一，恐怕就是预测鳄梨的

牛
油
果

成熟时间了……满心以为这个好了，拿刀一切，却还坚硬无比；觉得'大概还不行'，谁知道里面已经烂成糊状了"。但是村上在夏威夷考艾岛北滩遇到过一位卖鳄梨的胖老太太，有挑鳄梨的超能力，也算是开了眼。我只遇到了一位好像有超能力的小伙，能把一车鳄梨都细致分类，结果却并不是那么回事。所以，这个夏天就吃不上牛油果了，也不打算再买。没熟没熟没熟没熟没熟烂了。本来是可以切开，把果核挖出，然后就倒点蜂蜜进去，用小勺子捣鼓一番，就能享受，现在就只能继续啃芒果了。

其实这样的日子想吃牛油果，随便找家西式的餐厅就有，可以点沙拉，往往是牛油果和西红柿一起，牛油果切碎块，西红柿片状，还有些生菜、芝麻菜一类，撒点胡椒和盐，就这么拌拌。也有烤的，上面有鸡蛋或一片培根。各式的都有，只要厨师想得出来就行。还可以拌上黄瓜、洋葱，再浇上姜汁沙拉酱，这就是"村上家"的沙拉。比较少见的是牛油果天妇罗，村上也提出问题，哪里有鳄梨天妇罗盖饭，我也只在朋友圈见过，不知道上海的日餐店有没有，自己做当然是最好了，问题点还是不会挑。

　　有一种说法是，看牛油果的果蒂，掰掉看是绿的，说明还生，是褐色发黑，那就肯定烂了，但还是没有解决一个问题，因为生的和快要熟的，果蒂都是绿的。且这一方法不能用在水果摊上，失去了果蒂的牛油果，让别人还怎么挑。

　　写到这里，对买牛油果全军覆没一事已无多少情绪。还是村上春树在《大萝卜和难挑的鳄梨》里的一段话，"不论多大火气，只要稍稍过上一段时间，原来的情绪大多都会逐渐减轻，就不再是怒气，基本降到了'悲哀'或'遗憾'的水平，归于平静"。我现在正处于遗憾的水平。

金铃子

苦瓜分圆锥形、
短圆锥形和长圆筒形，
日常吃的苦瓜主要是青皮长圆筒形，
而金铃子是短圆锥形，
无论青白，
熟了就是橙黄色。

金铃子

葫芦目　葫芦科　苦瓜属

金铃子，又叫癞葡萄，这东西我很小的时候在外婆家见过，是我表哥种的，还不让摘，养熟了，橙黄色，挂在藤上，好看，是观赏的。熟透了，快要裂，保不住了，才摘，也不给我吃。所以，我没吃过。这东西就他有，不给种子，所以我家就没有。他种的长得可好，都不用管，沿着围墙，绕着篱笆、树枝丫蔓延着生长，开的花我觉得像丝瓜，不稀奇，就果好看，果皮坑坑洼洼的，像癞麻子，所以才叫癞葡萄。我对金铃子就这么一点印象，没别的了。

大学毕业后在深圳工作，吃过一餐食堂，打了一份菜，叫苦瓜。现在想起来很奇怪，为什么点了一份苦瓜，那是我第一次吃苦瓜，才入口就喷出来，妈的，真的是苦的，忙喝

Momordica charantia Linn.

金
铃
子

汤漱口。苦瓜这么常见的东西，我竟然从来没见过，到二十多岁了才第一次吃到，在家乡没有不奇怪，恰好没人种，但大学四年的食堂饭也没吃到过，就很奇怪。一跑到广东，就吃到了，当时认定这东西只在南方才有。漱口后，我还是把那份苦瓜吃完了，不是因为好吃，是因为那是花钱买的，自己点的菜含着泪也要把它吃完。这次之后，对苦瓜就没有敌意了，觉得味道还可以啊，苦苦的。回到上海后发现，苦瓜也很常见啊。这世界好像突然就变了，二十多年都没见过的苦瓜，变得跟丝瓜、南瓜、冬瓜一样，稀松平常。像苦瓜咸蛋这样的菜，就好像是传统经典名菜，只是我恰好处在宇宙边缘，没接触到。

好，我要说的是金铃子，突然扯进来一段苦瓜，那是因为你不觉得它们俩很像吗？我后来在杭州做一个农庄的时候，种有苦瓜，园子的管理员不知从哪儿搞来一种白色苦瓜，说要留种，于是就等着它完熟，熟了后颜色变黄，然后会裂开，我那个时候就发现了，这不就是瘦长版的金铃子吗？于是查了一下，大表哥当宝一样的金铃子其实就是苦瓜的一种。这么来说吧，苦瓜分青皮和白皮，若根据形状来分，苦瓜分圆锥形、短圆锥形和长圆筒形，日常吃的苦瓜主要是青皮长圆筒形，而金铃子是短圆锥形，无论青白，熟了就是橙黄色。

苦瓜原本的确长得较为南方，福建两广川滇比较多，相对来说金铃子在江南一带更常见一些，当然现在则是南北都有，毫不稀奇。如此看来，我还真是年长了，"我们那会儿，江浙地区还没苦瓜呢"，像是坐在高高的谷堆旁边，听爷爷讲古老的植物发展史。

现在这个时节金铃子也能在市场买到，掰开了吃里面的包裹种子的红色种皮，很甜。其实苦瓜养熟了，吃里面的红色种皮，味道一模一样，也是甜的。本来在描述味道的时候，我应该说这是童年的味道啊，但是没有。一个二十多岁才第一次吃苦瓜的人，要到三十几岁的时候才有机会吃金铃子，说起来底气都没有。一种味道没有时间在味蕾上打过几层印记，就乏味许多，甜只是甜，苦只是苦。

等一下会有回甘

最后忍不住一尝，
亲娘嘞！
脸上二十几年没用过的皱纹，
这次一并用上了，
那酸涩啊！
获得的安慰就是一句：
「等一下会有回甘。」

余甘子

有一年去泉州采访南音，随一演出团去乡下一村子演出。我的采访对象是一位洞箫吹奏和制作者，叫阿杜，他在车上给我一袋子绿色果子，算盘子这么大，青绿色，让我拿一个吃，并给了我一个诡异的笑容。我看见这种颜色的水果就慌，再搭配他的笑容，拿了一个也没敢往嘴里放。但见他吃得开心，好像满嘴口水，稀里哗啦，有些好奇。最后忍不住一尝，亲娘嘞！脸上二十几年没用过的皱纹，这次一并用上了，那酸涩啊！获得的安慰就是一句："等一下会有回甘。"

闽南和潮汕人特别喜欢回甘，比如冬天吃青橄榄，也是苦、酸、涩，配功夫茶，也是讲究回甘。我含一个在嘴里，牙齿根本就不敢去碰它，一旦弄破果皮，简直作孽。但潮汕人就是喜欢，是过年时节的待客小食。吃了那个等一下会有回甘的东西，我也是记住了它的名——油甘子。回头查过这货，在植物志上叫余甘子，李时珍说它"其味初食苦涩，良久更甘，故曰余甘"。

反正我是不喜欢回甘或是余甘，先苦后甜是鼓励人活下去的鸡汤信条，要是能一直甜岂不更好。当然，一直甜也许就不知道甜为何物了，只缘身在此山中。

乐团的人喜吃余甘子却是有道理的，此物清热利咽，润肺止咳，可治咳嗽、喉痛。他们去乡下演出，到了以后我才知道，是为丧事演出，拉一横幅，写着"此曲只应天上有"，吹拉弹唱一整个晚上，一曲罢了又一曲，嗓子受不了，上天了，唯有油甘可救场。

那一夜也算是见世面，荒郊野岭，活人听唱给死人的戏，尝着酸涩的余甘子，体会一下人生。末了，再具体说说余甘子，大戟科叶下珠属植物，大戟科常提到，科下有很多有毒植物，但余甘子恰有解毒作用，比如中了河豚鱼的毒，可吃余甘子解。叶下珠属下还有一个常见的小型草本植物，就叫叶下珠，花果在叶子下面，也是由此得名。

余甘子在古代另有一名叫庵摩勒，应该是一个音译词，因为其原产于印度、斯里兰卡以及东南亚一带，若是从这条路线上认识这种植物，名字就当是音译的外来名。当然国内的福建、两广，以及云贵川也产，余甘子就是很纯的中国名。

© 李叶飞 2017

图书在版编目（CIP）数据

阁下李先生 / 李叶飞著. — 沈阳：万卷出版公司，
2017.8

ISBN 978-7-5470-4590-9

Ⅰ.①阁… Ⅱ.①李… Ⅲ.①散文集 – 中国 – 当代
Ⅳ.①I267

中国版本图书馆CIP数据核字（2017）第148345号

出 品 人：刘一秀
出版发行：北方联合出版传媒（集团）股份有限公司
　　　　　万卷出版公司
　　　　　（地址：沈阳市和平区十一纬路25号　邮编：110003）
印 刷 者：北京鹏润伟业印刷有限公司
经 销 者：全国新华书店
幅面尺寸：140mm×210mm
字　　数：130千字
印　　张：7
出版时间：2017年8月第1版
印刷时间：2017年8月第1次印刷
责任编辑：杨春光
责任校对：彭力胜
封面设计：张　莹
版式设计：徐春迎
ISBN 978-7-5470-4590-9
定　　价：56.80元
联系电话：024-23284090
传　　真：024-23284448